「我ながら、よく今まで
我慢したものだ。
いいな？
これ以上は待てない」
「……はい。
どうぞ、アーサーさまの
お好きなように」

昨日までの宿敵に今夜から溺愛されます

～冷酷な覇王とワケあり姫の甘々な政略結婚～

水瀬もも

Vanilla文庫

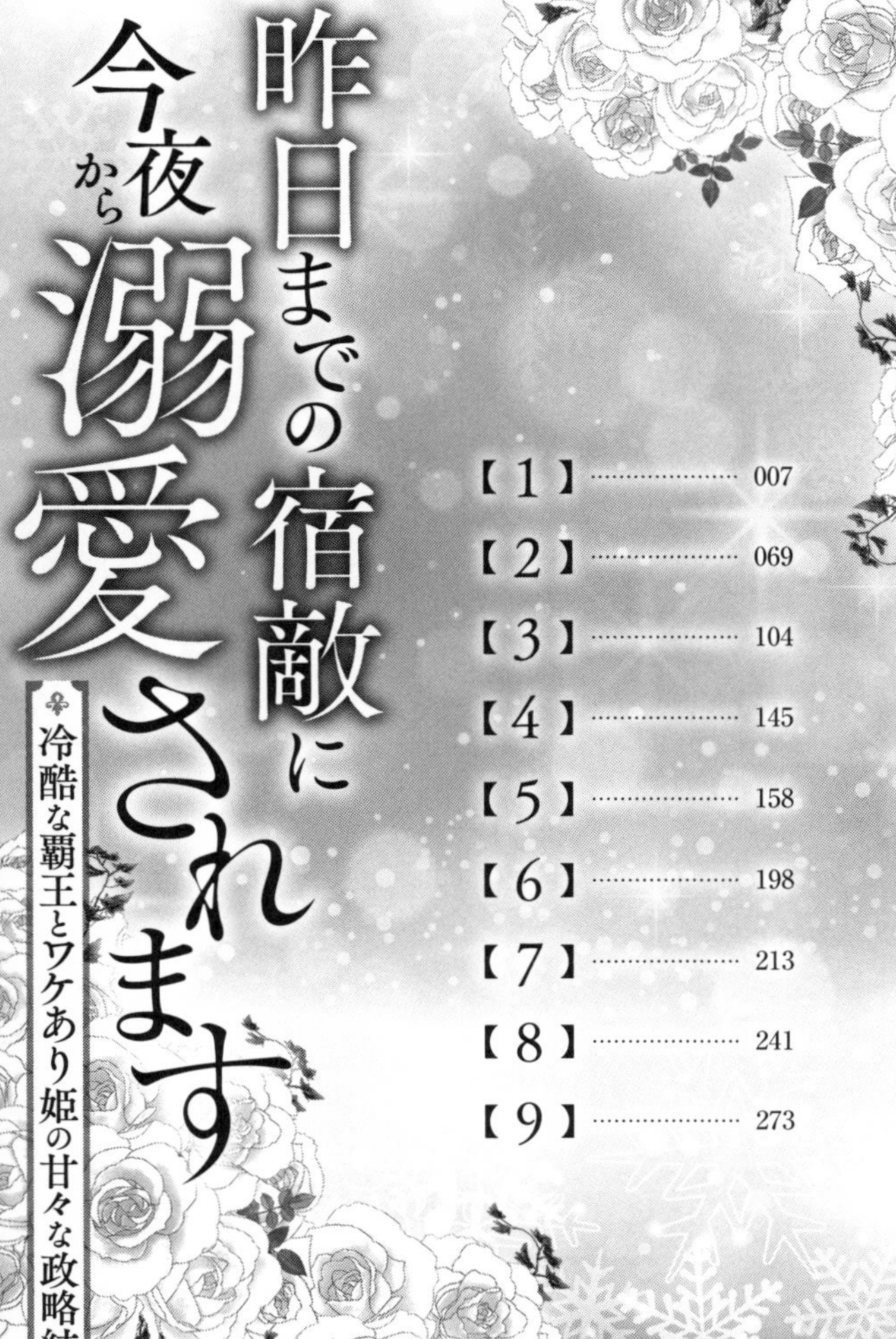

昨日までの宿敵に今夜から溺愛されます

冷酷な覇王とワケあり姫の甘々な政略結婚

イラスト／田中 琳

【1】

ひどい嵐の夜だった。

初夏にしては珍しいくらいの荒れようだ。

ここ、ベルシュタット王城の奥津城(おくつき)——国王の寝室にいても、外の雨風の音がはっきりと聞こえる。

湖の上に建っているから、風を遮(さえぎ)るものが何もないのだ。その分視界が良く、守りは万全だ。

要塞都市ベルシュタット・タタンの中でも、難攻不落の城と呼ばれる理由のひとつである。

爽やかな初夏の夜だというのに嵐のせいで気温が低く、石造りの王城を流れる空気はじっとりと冷たい。

けれどブランシュが小刻みに震えているのは、季節外れの寒さのせいだけではなかった。

ブランシュはこくりと唾を飲み、深く息を吸いこむ。

金茶色の髪と瞳が、ただならぬ緊張に細かく揺れる。

今夜のために整えられた白絹のシーツからは、薔薇の香りが漂う。王の寝室は無骨な設えながらも花嫁のためにと花をあちこちに飾ってあった。

大きくて長い腕に抱きこまれるようにして、大きな寝台に倒れこむ。

黒髪黒瞳の覇王は小柄で痩せているブランシュと対照的に、長身で鍛えられた体軀の持ち主だ。

ブランシュより六つ上の二十四歳と聞いているけれど、それよりずっと老成した雰囲気が漂う。

――私はこの人を殺さなくてはならない。お父さまの、命令どおりに……！

指先どころか身体すべてが緊張に強張り、まともに呼吸をすることさえ難しい。こめかみがずきずきと脈打って痛い。

ほんの数分前初めて会った人と同じ寝台に横たわり、上からのしかかるようにして口づけられる寸前。

ブランシュは、隠し持っていた短剣を振りかざした。

鞘が弧を描いて飛んでいくのをわずかな動きで避けたアーサーが、薄い唇をにやりと楽しそうに笑ませる。

「何だ、一体どこに隠し持っていた？」

アーサーの低く豊かな響きの声は、堂々たる体軀に似つかわしい。

「その細腕で、私に刃向かおうとでもいうのか？」

「私はそのためにこのベルシュタットへ参りました。アーサーさま、覚悟……！」

ブランシュが構える切っ先が、ぶるぶると震える。

それに気づいたアーサーが、一瞬だけ奇妙な顔をしたことにブランシュは気づけなかった。


今まで、人を刺したことなどなかった。

それどころか、王女として育てられもしなかった。

母親ともども父王からは忘れ去られ、片田舎でほそぼそと暮らしてきた。

けれど、数ヶ月前に父王の待つパルミナ王国の金色宮殿に攫われ、ベルシュタットの王城へ送りこむ刺客に仕立て上げられてしまった。

ブランシュが断る暇も与えず、王女としての作法と剣の握り方だけを叩きこまれ。

『やつの息の根までとめることは非力なお前にはできまい。だが、不意打ちをして隙を作るだけでいいのだ。あとは我が手の黒騎士どもがやつを仕留めるのを見ていればいい。成功した暁には、お前を正式に我が娘として金色宮殿に迎え入れてやろう』

父王クロムートのこの命令を思い出すたび、冷たい吐き気のようなものが身体の奥底からこみあげてくるのを感じる。

——人殺しの道具として扱われても、ちっとも嬉しくなんかないわ。

けれどパルミナの絶対権力者であり、悪魔のように畏怖される父王に逆らうことはできない。

アーサーが上機嫌で喉を鳴らす音が、ブランシュの意識を引き戻す。

「おとなしい人形のような女ではつまらないと思っていたところだ。ちょうどいい。気が済むまで付き合ってやろう」

「そうやって笑っていられるのも今のうちです……！」

寝台から裸足のまま滑り降り、ブランシュは短剣の柄を両手で握り締める。

「私には、こうすることしかできないのですから……！」

のんびりとした態度で同じく床に降りたアーサーに向かい、絨毯を蹴って挑みかかる。

長年膠着状態だったベルシュタット、パルミナ両国はついにその戦いに終止符を打ち、平和の証として婚姻関係を結ぶこととなった。

ブランシュはそのため、ベルシュタットの若き王・アーサーの妃として送り込まれてきた。

そして王城に到着したその夜——アーサーの寝室で、ブランシュは初めて夫となるアーサーと顔を合わせたのである。

格闘は、そのあとしばらく続いた。

王城のほとんどの者が寝静まった夜更けに、ブランシュの荒い息遣いが満ちる。丸腰で向き合うアーサーは息ひとつ乱していない。

「どうした。威勢のいいわりに体力がないな。その程度で息切れしていてどうする。基礎がなっていないないな」

「余計な、お世話、です……っ」

ふらふらになりながらもブランシュは腕をかざし、アーサーに向かって振り下ろす。目がちかちかしてよく見えないし、全身を滝のように汗が流れて息苦しい。

「そろそろ諦めたらどうだ？　このままでは、私を刺す前にお前が倒れるぞ」

見上げるような長身で堂々たる体軀をしているのに、アーサーはとても身が軽い。ブランシュの動きを見切って、必要最低限の動きだけで避(よ)けている。

争いごとに免疫のないブランシュなど、相手にならない。

ふらつきながらも立ち上がるブランシュを、アーサーが冷徹な眼差(まなざ)しで見下ろす。

「勝負は、まだ——」

不意に視界がぐらりと歪(ゆが)み、ブランシュは足をもつれさせて倒れこんでしまった。貧血の症状だ、とブランシュは臍(ほぞ)を嚙(か)む。

小さなころからろくに栄養を摂れないような貧しい暮らしをしてきたから、貧血と栄養失調は持病のようなものだ。

足が震えて、身体に力が入らない。

苦しい。

アーサーに完全に遊ばれている現状も——力量の差がありすぎるから仕方ないこととはいえ——ブランシュにとっては、惨めだった。

うつむいたまま、ブランシュは必死に自分に言い聞かせる。

——ここで、くじけてはだめ。

立ち上がらなくてはいけない。父王の命令を果たすために。

でも。

——もう、疲れた……。

「そろそろ飽きた。遊びの時間は終わりだ、ブランシュ」

アーサーがつと腰を屈めたかと思うと、回し蹴りをした足先でブランシュが握る短剣だけを器用に弾き飛ばした。

「きゃ……っ⁉」

短剣が飛ばされて孤を描く。

驚いたブランシュはそのまま再び、床に膝をついてしまった。

「降伏するか。それとも、まだ続けたいか？」

冷徹に問われて、項垂れながら答える。

「降伏、いたします——」

緊張の糸が切れて、もう動けそうにない。

目の前が真っ暗になって、指一本動かすのも億劫だった。

アーサーが遠くの床に転がっていた短剣と鞘とを拾い上げ、燭台の明かりに透かすようにして検分する。

「良い剣だ。質が良いし、細工も見事だ。使い方によっては、一刺しで相手の命を奪うことができる剣だというのに、これでは宝の持ち腐れだな」

ベルシュタットの若き獅子。

彼が王位を継いだのは、十八歳のとき。

ちょうど今のブランシュと同じ年齢のときに父王が戦死し、あとを継いで即位した。

「ふん。どうせ和睦の申し出など単なる目くらましだろうと思っていたが、ここまで予想どおりだとおもしろくもなんともない。それも送りこんで来た刺客は未熟で、私を楽しませるほどの技量もないときた。……つまらん」

まだ頭がくらくらして荒い呼吸を繰り返すので精一杯のブランシュには、アーサーの言っていることの意味が理解できなかった。

命を狙われる事態にあって、どうして面白みが必要なのだろうか。

「さて」

短剣を腰に挟んだアーサーが、ブランシュの前に片膝をついた。

指先を伸ばして、座り込んだまま立てないブランシュの顎をくいと持ち上げる。戦いに慣れた男の手は、迷いがなかった。

「私に刃を向けたからには、どうなるかわかっているだろうな。パルミナがどうだかは知らんが、ここベルシュタットでは、王族に刃向かったものは皆縛り首だ」

アーサーはブランシュの顔を覗(のぞ)きこみながら、嬲(なぶ)るように言い重ねる。

「死体は不浄門から湖に捨てる。死んでも祖国に帰れるなどと思うなよ」

「——承知、しています」

——情けを乞(こ)おうなんて思わない。殺したいなら殺せばいいわ。

覚悟はしていた。

最初から、こんな計画がうまくいくとも思っていなかった。

それでも命令だから、従わなくてはならなかったしブランシュ自身、全力で挑んだ。

そして負けたのだから仕方がない。

「どうぞ、ご存分に。今さら、命が惜しいとは思いません」

「いい覚悟だ」

そう言って、アーサーの手がブランシュの首にかかる。

このままくびり殺されるのだろうか、と思いながら、ブランシュはぼんやりと霞む双眸(そうぼう)でアーサーを見上げていた。

とても力の強い人だと聞くから、その手で首を絞められたら案外苦しむことなくすぐ死ねるような気がする。

それとも、ベルシュタットの王を襲撃した罪にふさわしく拷問を受けて首を吊(つ)られることになるのだろうか。

どのみちこのことがパルミナに知れ渡っても、父王が援軍を差し向けることはない。それだけははっきりわかっている。

「おい、まだ腑抜(ふぬ)けるのは早いぞ。私の言うことにすなおに答えろ」

ブランシュは、承諾の証に軽く目を伏せた。頷(うなず)こうにも白い首にアーサーの指が脅(おど)すように絡みついて動かせなかったからだ。

「お前は何者だ。クロムート王の娘ではあるまい」

アーサーの凛々(りり)しい眼差(まなざ)しが、ブランシュの手に注がれている。

あかぎれだらけの、ひどい手だ。

水仕事と寒さで荒れてしまい、金色宮殿にいる数か月では治らなかったのだ。

父王の監視のもと、一国の王女としての最低限の心得を授けられている間、機械的な務めだけを果たす女官たちはブランシュの手荒れなど一切構わなかった。

それに盛装をするときは手袋を着けるので隠せるから、ブランシュ自身、今まで気にも留(と)めなかった。

答えろ、と視線で促されて、ブランシュは静かに答える。

「私はクロムートの娘です」

「嘘（うそ）をつくな。パルミナ王家に王女はいなかったはずだ」

あっさりと切り返されても、事実は事実だ。ブランシュがクロムートの血を引いている事実は違えようがない。

それを、どう言えばいいというのだろう。

——言葉を尽くして説明することもできるけれど……。

何しろ疲れ切っていて、今さら細かく説明などするのは億劫（おっくう）だった。どうせ殺すなら一息に楽にさせてほしい。

「見た目と違って強情な娘だ」

いささか気分を害したように片方の眉だけを吊（つ）り上げたアーサーが、ブランシュを抱え上げベッドへ放った。

「な、なにを……!?」

寝台脇に備えつけられた引き出しから小さな瓶を取り出す。

赤く透き通るような色をした硝子（がらす）製の小瓶で、アーサーのてのひらにすっぽり収まるほどの大きさだ。

「これがなんだかわかるか?」

ブランシュは、のろのろと視線を上げた。そして、首を振る。

「……いいえ」

「ベラドンナから抽出した薬だ」

真夜中の寝室に灯（とも）された燭台（しょくだい）の火が、ちらちらと揺らめく。

「我が国に自生するベラドンナは少し変わっていてな。一般的にはベラドンナは根を使って毒薬にするが、ベルシュタットのベラドンナは花が強烈だ。はなびらを摘んで抽出したエキスを加工すると、自白剤になる」

「自白剤………？」

「飲んだことはあるか？　刺客ならまあ、一度は飲んで身体を慣らしてあるだろう」

かろうじて聞き取った言葉に、ブランシュが反応する。

身内に病人がいたから薬にはそこそこ詳しいはずなのに、そんなものは聞いたことがない。

「自白剤……？　そんなもの、知らない……聞いたことがない……」

「どうだかな。今さら素人（しろうと）ぶっても無駄だ」

アーサーの全身から放たれる威圧感は、ひどく恐ろしい。

先ほどまでのブランシュを弄んでいたときのような空気は霧散して、ずっしりと重く暗い何かがある。

「たいした効力があるわけではないが、耐性のない者ならひとたまりもない。拷問にかけられるよりはまあ……ましと思うか、それとも拷問のほうがまだいいと思うかはお前次第だ」

「何……？　何をなさるのですか……？」

本能的に危機を察したブランシュは、必死に起き上がろうとした。

けれど梳(と)き流した髪ごとアーサーの手に押さえこまれ、頭を上げることができない。

ブランシュの様子を横目に、アーサーは片手で器用に小瓶の封を切った。

あまい、濃厚な香りがブランシュの鼻先にまとわりつく。薬にしては不自然すぎる香りだ。

「身体に害を及ぼすようなことはない。効き目も一晩で消える」

ブランシュが怯(おび)えているのが目の色でわかったのか、アーサーが少しだけわかりやすく言い添える。

「そんな顔をするな。少し朦朧(もうろう)として、私の質問にすなおに答えられるようになるだけだ。はじめから白状していれば、こんなものを使わなくて済んだのだがな」

そう言って、アーサーが口もとだけでほのかに笑った。

「恨むなら、自分の強情さを恨め」

何をするつもりなのかがわかって、ブランシュは青ざめる。

「いや、そんなもの飲みたくない……っ」

アーサーの厚みのある、がっしりとした胸筋に手をあてがい、思い切り突っ張る。萎えきっていて力が入らない足も精一杯ばたつかせて、ブランシュは一所懸命逃げようと暴れた。

「今ごろになって、やっと自分が置かれている状況を理解したのか？　お前は手練れなのかそうでないのか、なかなか尻尾を掴ませないな」

何故か嬉しそうにそう言ったアーサーが、小瓶を呷って中身を口に含んだ。空になった入れ物を、無造作に投げ捨てる。

「あ」

アーサーの手際は、魔法のようだった。

腰に腕を回されたかと思うと、体格差を利用して難なく押さえこまれる。

首をしっかりと掴まれ、逃げるどころか避けることも許されない。

怯えて目を瞠るブランシュを余裕たっぷりに眺め下ろしながら、アーサーが嬲るように、わざとゆっくり唇を近づけてきた。

「いや…………いや！」

睫毛が触れ合うくらい至近距離で、目と目が合った。

アーサーの黒い双眸が、かすかに笑っている。

無理に押しつけられた男の唇は、持ち主同様、強引で傲慢だった。

――訳のわからない薬を飲まされるなんて、絶対にいや！

ブランシュはきっと唇を引き結び、アーサーの侵略を受けないように歯を食いしばる。

けれどアーサーはブランシュよりずっと狡猾だった。

ささやかすぎる抵抗に気づいて微笑しながら、唇の角度を変えて何度も口づける。

鍛え抜かれた覇王の身体は、こうも引き締まって固いものなのか。

ずっしりとして、それでいてとても熱い身体にのしかかられて、もともと骨格が華奢なブランシュは圧し潰されてしまいそうな感覚を味わった。

「……っ」

アーサーの唇が器用に桜色の唇の中に割りこみ、舌を押し入れてくる。熱い舌先を絡めるようにしてベラドンナの液体を流しこまれ、飲みこまされる。

唇を塞がれて息すらままならない中、ブランシュは苦労して、どろりとした苦い液体を飲みこむしかなかった。

――苦しい。苦い。早く、解放して……………！

「ん、ん…………！」

こくりと、喉が鳴る。

ブランシュが自白剤をすべて飲み下したのだ。

アーサーが、用は済んだとでもいうようにあっさりと身体を起こす。

ブランシュは寝台の上で、身体を丸めて咳きこんだ。喉奥に粘りつくような感覚が不快で、気持ち悪い。

アーサーが冷淡に言い放つ。

「薬のせいで喉が痺れているんだ。少しの間苦しいだろうが、そのうち慣れる」

アーサーも、ベラドンナの毒を口にしたことがあるのかもしれない。

王侯貴族は毒殺される危険から逃れるために、幼少時から少しずつ毒を飲み、身体を慣らすと聞いたことがある。

そういえばクロムートは毒を盛られることを警戒して、食べ物はおろか、酒も水もすべて小姓たちに毒味させたものしか口にしようとしなかったことを思い出す。

「さて。即効性だからそろそろ効き始めているだろう。どうだ？　身体が熱くなってはいないか」

純白のシーツの上でうずくまっているブランシュを、アーサーが興味深そうに覗きこむ。

ブランシュはうつろな視線を彷徨(さまよ)わせた。

——アーサーさまの言うとおり、身体が、熱い…………？　燃えるような……一体、どうして……？

火を飲みこみでもしたかのように、かあっと身体の芯から火照(ほて)りだす。

身体がふわふわとしているだけでなく、耐えきれないと思うほど熱く潤んでいくのは、生まれて初めての感覚だった。

きめ細かな肌にみるみるうちに汗が浮かび、身体が震え出す。

「即効性……？　これは一体、何……？　何の薬……？」

「なるほど。身体が小さいと、少量でも効き目が強いのか。たいした反応の早さだ」

起き上がろうとしたものの手足にまるで力が入らず、ブランシュはシーツを握り締めて熱い吐息を零(こぼ)す。

「身体がなんか、変……？」

「おい。聞こえているか？　返事をしろ」

「……アーサーさま。これ、なに…………？　こんなの、知らない」

ブランシュの口ぶりが、一気に幼くなる。

自白剤の効果だ。

――暑くて、身体がぐずぐずに溶けてしまいそう。

にやりとしたアーサーが、腕の中にブランシュを抱き寄せた。

小さな背骨をするりと撫で上げられ、ブランシュが声にならない悲鳴を上げて小さく仰け反る。

「ベラドンナの自白剤には強い催淫効果がある。身体が疼き出すだろう。肌が燃え盛って、男がほしくてたまらなくなる。そういう薬なんだ、これは」

「催淫効果……?」

そうだ、と頷いたアーサーの吐息がうなじにかかる。

びくっと肩をすくませたブランシュは、腹部が異様に熱くなっていることに気づいて狼狽した。

違う。

熱くなっているのは、下肢だ。

足の付け根のみだらな部分が、燃えるように熱くて苦しい。

誰にも触れさせたことのない秘所に、はしたない熱がわだかまる。

ブランシュが今さらながらにその意図に気づいたときには、もう手遅れだった。

「どこまで耐えても構わないが、時間をかけるほどにつらくなるぞ」

残酷な夜が始まる。

「さあ――どこまで耐えきれるものか、見せてもらおうか」

ブランシュは、必死にもがいていた。

上半身裸の男の、筋肉が美しく盛り上がった肩の下で。

ブランシュが着ていた薄物の夜着は奪い取られ、白い肌があらわになっている。

ミルク色の肌をした胸には、アーサーが触れた赤いはなびらのような跡が無数に散らばる。

清らかで無垢な裸身が、男の手と唇の愛撫によって、無理に昂ぶらされていた。

「いや……何、これ……！　怖い、怖い、いや、離して……っ！」

ブランシュは仰向けにされ、足を大きく開かされていた。

その足の間にアーサーが陣取り、乙女の肌を容赦なく攻め立て、弄ぶ。

ブランシュの金茶色の双眸から、大粒の涙が何度も溢れ出ても、青年は追い上げる手を止めない。

冷酷なまでに冷静な眼差しで、乙女の様子を逐一観察しているようだった。

「やめて、これいや、もういやです……！」

催淫効果という言葉の意味を、ブランシュはじっくりと教えこまれた。

「どうだ？　ベラドンナの味は。身体が、我慢できないくらいに火照り返るだろう」

唆すように、耳たぶに熱い吐息を吹きこまれる。

「や……っ」

そんなささやかな刺激さえ、ブランシュの細腰が跳ね上がる。

——何なの、これ……！

ぞくぞくとした、震えに似た感覚が全身で暴れ回っている。

肌のうちから迸り出てしまいそうな快感を、どう受け止めたらいいのか、ブランシュは知らない。

強烈な快感に怯え、抗い、そしてなす術もなく溺れる。

「ここはもう蜜が溢れているぞ」

ブランシュの身体のもっとも奥深くを、アーサーの節くれ立った指が蹂躙している。

中にひそむやわらかな媚肉を直接刺激されるたびに、ブランシュの眼裏に鮮烈な火花が散った。

「止めて、これ以上私をおかしくしないで……！」

生まれて初めて味わう絶頂は、快楽より恐怖のほうが大きかった。

壊れる。

ブランシュの中で、何かが壊れてしまう。

「あ……あ……」

痙攣する太ももが、ぬめりを帯びた愛液でぐっしょりと濡れてもなお、アーサーは許さない。

淫らなことばかりを叩きこまれ、泣きじゃくりながら懇願する。

「もう、ゆるして……っ」

「気が済むまで達しなければ、薬は抜けない。そら……また蜜が溢れた。艶な眺めで悪くないが、そろそろ体力の限界か？」

「……ふ……う……っ」

小さな子どものように首を左右に振って、ブランシュの小さな足がアーサーのがっしりした腰にまとわりついた。

身体がもどかしくて切なくてたまらないのに、それをどう処理したらいいのかわからない。

強烈な快感が怖くて怖くてたまらなくて、目の前にいるこの人しか、今のブランシュを助けることはできない。

呂律（ろれつ）が回らない唇を必死になって動かす。

「なんでもするから、もうゆるして……おねがい……！」

その幼い媚態（びたい）は、さしものアーサーすら憐憫（れんびん）を呼び覚まされるくらいに無力で、あどけなかった。

アーサーが、黒い双眸をつと眇（すが）める。

「――私に、助けてほしいか」

「たすけて……たす、けて……っ」

ブランシュは腕を伸ばし、目の前にあるたくましい肩に全身で縋（すが）りつく。

張りのある筋肉で覆（おお）われた肩に鼻先を埋め、身体を丸めてしがみつくようにして何度も何度もしゃくりあげる。

この状態から救い出してくれるのならば、助けてくれるのならば、ブランシュはなんだってする。

「怖いのは、もういや……いやなの……！」

泣きすぎたせいで声は嗄（か）れ、息をすることすら苦しい。

「……ずいぶんと初心（うぶ）な反応だな。これが芝居なら、たいしたものだ」

かすかに眉根を寄せたアーサーが、ブランシュの額に降りかかる髪をかき上げてやりながら尋ねた。

「お前、今まで男に抱かれた経験がないのか」

ブランシュはぶるぶると震えながら首を小さく振った。

「答えろ」

「な……い、こんなこと、初めて……っ」

アーサーは天井を見上げ、嘆息した。

「一度も抱かれたことがないどころか、この分では、自分でろくに慰（なぐさ）めたこともない箱入りだな――これは、参った」

アーサーが身体を起こす。

その途端に、ひやりとした空気がブランシュの一糸まとわぬ身体を包みこんだ。

アーサーが、ブランシュに聞こえるか聞こえないかの声量でつぶやく。

「てっきり私をたらしこむために手練れを送りこんできたのかと思っていたが、予想が外れたか。クロムートめ……庶子を王女に仕立てて送りこむなど、何が目的だ……？　まさか本気で我が国との友好を望んでいるというわけではあるまい」

アーサーが腕を伸ばし、寝台脇の小卓の上に置きっぱなしの杯を取った。傍(かたわ)らの水差しを取り、杯に無造作に注ぐ。

一息で杯を飲み干してから、ブランシュの身体をアーサーが片手で抱き上げた。

「喉が渇いただろう」

唇を押しつけられたかと思うと、清水が口の中に滑りこんでくる。

泣き叫(さけ)び続けたせいで喉が痛かったから、水を飲めるのは嬉しかった。もはや抵抗ひとつせず、すなおに受け入れ、こくこくと喉を鳴らす。

「……これがあのクロムートの血を引いているとは、にわかには信じられんな」

ブランシュはぐったりとして、アーサーに返事をする余裕もない。

「ベルシュタットとパルミナは、長年争ってきた間柄だ。特にパルミナがベルシュタットの水資源を狙う限り、相いれることはできない。そこで、あの男の娘であるお前に利用価値が生まれる。さて、これからどうしたものか――」

アーサーが振り向くと、ブランシュは大きな枕にしがみつくようにして、身体を小さく小さく丸めて眠っていた。

アーサーが、思わず破顔する。

「無邪気(むじゃき)なものだ。お前は父親に利用され、祖国のための捨て駒にされたというのに

「――」

長い指で、白い頬にそっと触れる。

「……仕方ない。今夜はここまでにしてやろう」

燭台に近づいて明かりを吹き消し、アーサーは寝室をあとにした。

多くの重臣や使用人たちが暮らすベルシュタットの王城も、さすがに今は静まり返っていた。

外は相変わらず嵐が吹き荒れて時折雷鳴が轟(とどろ)くが、内部はほとんどの人間が自室に引き揚げて休んでいる頃合いだ。

こんな真夜中に起きているのはアーサーや、見回りの不寝番たちなど、わずかな例外だけだろう。

がらんとした回廊に、アーサーの足音が反響する。

王城の中はどこも造りが大層入り組んでいる。敵に踏みこまれるのを防ぐためだ。

曲がりくねった回廊や石壁の中に埋めこんである隠し扉を使わないと、湖に落ちる仕掛けがたくさんあるのだ。

　曾祖父に当たる三代前の王が建てた城だが、慎重な上に、かなり癖のある性格をしていたのだな、とアーサーは毎回思う。

　曲がり角のところで、今夜の巡回番の兵士一団と行き会う。それぞれ明かりと武器を携えた兵士たちは、主君の姿を見て、軽く頭を垂れた。

「見回りか？　ご苦労」

「は！」

　アーサーは上半身裸のままだったが、双方ともに気にしていない。

　こんな真夜中に好き好んで出歩く物好きは少ないし、第一ここはアーサーの城だ。王の自由な振る舞いには、兵士たちも慣れている。

「異変はないか？　この嵐で何か被害はあったか」

「今のところ問題ないようです。嵐もどうやら今がいちばんひどく荒れているようです。天候に詳しい者の報告によれば、明日朝には天気も回復しているだろうとのことでございました」

「そうか。夜が明けたらもう一度、丹念に見回りをして修復すべき所は早めに報告するようにと伝えておけ」

「かしこまりました。それでは、見回りの任務に戻ります！」

「おや、話し声が聞こえると思ったら」

アーサーの執務室に続く控えの間からひょっこりと姿を現したのは、アーサーの侍従武官の青年だ。

見回りの一団は、規則正しい足音を響かせて巡回作業に戻っていく。

アーサーが自らの書斎へ向かうと、彼もごく自然についてきた。

こんな夜更けにも関わらず、きっちりと軍服を身にまとい、一分の隙もない。長い白金色の髪は、黒いビロードのリボンでひとつにまとめてあった。

「ラズ。こんな時間まで仕事をしていたのか？」

「ええ、陛下。区切りの良いところまで書類を片付けようとしたら、いつのまにかこんな遅くになってしまいました」

ラズことラスペーシュはラニア伯爵家出身で、アーサーが心を許せる数少ない腹心のひとりだ。

女性的な美貌にそぐわぬ、えげつないほどの剣の使い手でもある。

ラズが未だ剣で勝てたことがないのは、ベルシュタット国内を問わず、アーサーただひとりだけだ。

重厚な机ではなく、布張りの長椅子にアーサーが背を預けて腰を下ろす。ラズは座らず、代わりに書斎机に寄りかかってゆったりと腕を組む。

「パルミナの姫との首尾はいかがでした？　記念すべき初めての夜だというのに、花嫁をほったらかしにしておいてよろしいのですか？」

そう言うラズの頬が、ほのかに笑っている。彼も、ブランシュがパルミナの姫だとは毛頭信じていないのだ。

「疲れて寝ている。あの分では朝まで目を覚まさないだろう」

アーサーは、手にしていた短剣をラズに向かって放り投げた。ブランシュが使っていたものだ。

ラズが、燭台の明かりに近づけて短剣を検分する。

「陛下。この短剣は？　見慣れない品ですが」

「ブランシュが隠し持っていたものだ。切っ先には猛毒が塗ってあるそうだ」

「パルミナ王ともあろう方が、ありがちな手段を用いるものですね。やはりあの姫は刺客でしたか。まあ、そんなところだろうとは思っていましたが」

　毒が塗られた箇所を興味深そうに眺めながら、ラズが嘆息する。

「ベルシュタットには、パルミナからの間者がいやになるくらい潜りこんでいますしね。排除するのに毎回苦労しています。あの娘も間者の一味でしたか？」

　ラズの問い掛けにアーサーは首を横に振る。

「いや……それにしては未熟すぎる腕前だった。しばらく相手をしてみたが、あの分では誰にも、かすり傷ひとつ、つけられたことがないだろうな。その手の訓練を受けて育った痕跡はない」

「腕前がどうであろうと、ベルシュタットの王に刃をかざしたのであれば大罪人です。明日の朝にでも首を刎ねましょう」

　優雅な見た目と違って血の気の多い侍従武官に、アーサーが笑って空気を揺らした。

「本物だったぞ」

「は？」

　ラズが、わずかに戸惑う。

「本物？　とは？」

「あの娘だ。クロムートの庶子だそうだ。ずっと打ち捨てられていて、パルミナでも存在は知られていなかったらしい」

ベラドンナを飲ませて尋問されても、ブランシュが答えたのは自分が庶子であることと、わずかな期間、刺客としての訓練を受けてきたことだけだった。

「まだ色々隠していることはありそうだが、今晩聞き出せたのはそれだけだった。なかなかしぶとくてな」

「ベラドンナを飲んでもなお、すべてを白状しなかったと？」

「ああ」

アーサーはブランシュの、子どもっぽい抵抗を思い出していた。

「それどころではなかったようだ」

「薬に身体を慣らされているからでは？」

「多分違うな。あんなになってまでして私を騙し通せるとは思えない」

アーサーが、低く喉を鳴らして笑う。機嫌が良い時特有の笑い方だ。

ラズは、ブランシュのことが少しだけ気の毒になってきた。

慣れているのならともかく、心の準備もないままにあの薬を盛られると、精神的なショックが大きいのだ。

「――あの娘が王城に到着したとき、『本物』だと思った人間はいなかったと思いますよ」

パルミナから華々しい花嫁行列を組んで送り届けられてきたブランシュは、今日の日暮れ前、初夏にしては珍しいほどの雨風の中を王城へ到着した。

天候が不順なので外の大門ではなく、大広間で出迎えの式典が執り行われた。

ラズはもちろん、ベルシュタットの主立った重臣たちや使用人一同がずらりと揃って出迎えたのだけれど、アーサーは顔を出さなかった。

パルミナから送りこまれてくる姫になど、かけらも興味がなかったせいだ。

白塗りの馬車に純金の飾りを施した馬車から姿を現した王女は、相応に着飾り、立ち居振る舞いも完璧だったけれど、一国の王女としての重々しい威厳には欠けていた。

怯えきった、うさぎのような目をしている――と、ラズは一目見るなり不審に思ったことを覚えている。

「王家に生まれた者は……いえ、それ以前に、身分ある家柄に生まれた人間はそれなりの振る舞いをするものです。育ちは自信となって身を飾る。付け焼き刃かどうでないかは、見る者が見ればわかります」

ラズの言葉に耳を傾けていたアーサーは軽く頷き、指示を出した。

「もう一度、パルミナに密偵を放て。優秀な者を急いで選び、ブランシュの言っていたことが事実かどうか確認を取る必要がある。ベラドンナの薬を飲んで嘘を突き通せるほど神経が図太くはないだろうが、油断はできない」

「すぐに手配いたします」

「総力を挙げて、調べられるだけのことをすべて集めさせるように。何しろこっちはパルミナについて軍力以外はほとんど知らないんだ。このままでは支障が出てくる」

アーサーは大きく息を吐く。

「クロムートが一体何を企んでいるのか、手がかりだけでも得なくては対策が立てられん」

「自分たちの情報を一切漏らさない、徹底した秘密主義の国ですからね」

パルミナは美しい景観を誇り、特に首都パルミナ・ルルドの金色宮殿は類を見ない豪奢さで有名だ。

白亜の宮殿のあらゆる飾り物がすべて金でできているといい、宮殿内の噴水には水ではなく極上の葡萄酒が流れているという噂もある。

同時にパルミナは、ここ数年、感心しない事業に手を染めている。

いわゆる武器商人だ。

国内から銅山を掘り当ててからというもの、それらを加工しては他国に売りさばいているのだ。

国内でも銃の製造工場を作り、増産しているらしい。

パルミナの軍事力と国力が強くなると、ベルシュタットとしても頭が痛い。

国王が絶対的な権力を持つパルミナは、開放的なベルシュタットとは相容れない。

今までは交戦中だったので国同士の交流はなかったけれど、それでも、民間人同士でなら少しは交流があった。

何しろパルミナは水資源が乏しいので、真水を購入しないことには充分な水を確保できない。エレ河をはじめとする水資源の豊かなベルシュタットは、パルミナにとって垂涎（すいぜん）の的（まと）だ。

これまでは争いごとを起こしても、結果的に痛み分けになっていたが、武器を充分に蓄えた今——ことを構えるとなると、アーサーとしても対策を一考しなければならないだろう。

「なにせ、パルミナに銅山が出たのが計算違いだったな。まあ、流通している武器は気に入らんが……」

「えげつない代物が多いようですからね。秘密裏に取り寄せて、軍の専門家たちと検分してみましたが」

「どうだった。私にもあとで見せろ」

「一言でいうなら、殺傷能力が異常――ですかね」

「異常？　武器の殺傷能力が高いのは当たり前だろう？」

「いえ、そうではなく……」

ラズは首を振る。

「たとえば散弾銃ですね。一発着弾しただけで、小さな弾丸が体内で暴れ回る。一瞬で絶命するにしても、惨(むご)たらしい死に方をすることになります」

アーサーが、低く呻(うめ)く。

「……散弾銃か」

「それと、パルミナから送り届けられた王女の所持品は、女官たちが入念に調べていますが、今のところあやしい品はないようです。問題がないものから順次王女に届けさせておきます」

ブランシュが輿入れする際に、パルミナ王はたっぷりの土産物を同送させていた。

「ざっと目録を見ただけですが、値が張るものばかりですよ。パルミナの鉱山から掘り出した碧玉、紅玉、白玉、金塊はもちろん、古酒や楽器にいたるまで、うんざりするくらいの量を送りつけてきています。王女個人の持ち物は案外少ないそうですが」

アーサーは肩をすくめてみせた。

「クロムートらしい見栄(みえ)の張り方だな」

一筋縄ではいかない相手だ。

数年にわたる収益のすべてを注ぎこんで軍事力を上げたパルミナが次に欲するのは、間違いなくベルシュタットの水資源。

他地域に侵略の駒を進めるにしても、目の前にそびえる要塞都市ベルシュタットを越えないことには、パルミナはなにも手に入れることができない。

パルミナ王女との婚姻は、そのための足掛かりなのだとアーサーは理解していた。

国民の命と生活がかかっている限り、争いはなくならない。

「クロムートは、必ず私の首を狙いに来る。私ひとりならいつでも相手をしてやるが、王城の者やベルシュタットの民間人を巻きこむわけにはいかない」

ベルシュタットの民を守ることが、アーサーの勤めだ。

「王女はどうします？　送り返しますか？　それとも、どこかに幽閉しておきましょうか」

「いや、しばらく手もとに置いて様子を見る」

アーサーがきっぱり答えたのに対し、ラズはほんのちょっと目を瞠ってから、恭(うやうや)しく頷いた。

「わかりました」


しばらくして、ブランシュはふと目を覚ました。

ぼんやりと目を瞬かせ、それから弾かれたように起き上がる。

「ここは……!?」

見覚えのない部屋。

馴染みのない湖水の、少し重たい匂い。

外ではまだ嵐が吹き荒れているようだ。稲妻の閃光が、明かりひとつない寝室をほんの一瞬明るく浮かび上がらせる。

ここはベルシュタットの王城、アーサーの寝室――ここで何をされたかを、はっきりと思い出す。

「……私……妙なものを飲まされて、アーサーさまに……」

自分がなにも身につけていないことを知り、慌てて、手近にあった夜着を羽織る。

肌にも寝台にも、みだらな痕がくっきりと残っているのが居たたまれなくて、思わず目をそらした。

——こんなところにいるのは、一秒だっていや！

寝台から降りた途端、腰が立たなくてその場にへたりこむ。足腰に、まるで力が入らない。

「なんで、こんな……？」

壁に手をつき、よろよろと歩き出す。

ぐずぐずしていたら、アーサーと鉢合わせしてしまうかもしれない。

だってここはアーサーの寝室だ。

「——あんな人の顔なんて、もう見たくないわ」

今にも頽れそうな足を騙し騙し、回廊に出る。

国王の寝室だというのに、外に見張りはいなかった。

案外、警備は緩いのだろうか。

パルミナだったら考えられないことだ。クロムートの近辺は、常に兵士たちが十重二十重に取り囲んでいた。

「……なんてごちゃごちゃした造りなの。どこへ行けば外に出られるの？」

王城が湖のただなかにあって、跳ね橋を渡らないと城から出ることさえできないことは知っている。

でも、どうしても逃げたかった。

この部屋から離れて、安心できる場所を探したい。

だけどそんな場所が、このベルシュタットの一体どこにあるというだろう。

――パルミナにも、私の居場所なんてないけれど。

明かりのない回廊は闇が深く、ほんの少し先さえ見えない。

吹き荒れる暴風雨も稲妻も、なにもかもが怖くて、身体の底から震えが這い上がってきて、ブランシュは両腕で自分の身体を抱き締めた。

裸足の足も、薄物を着ただけの身体も、何もかもが冷たい。暖かさがほしい。

――どうしよう。

どこにも行き場がない。

誰もブランシュを助けてはくれない。

「もう、このまま消えてしまいたい…………お父さまもアーサーさまも嫌い、皆嫌い……！」

その場にずるずるとしゃがみこんで、大きく泣きじゃくる。

母親と弟と一緒に、アマリーアの村で屈託なく過ごしていたころが懐かしい。

食べ物が少なくて大変だったけれど家の中はいつも温かく明るく、弟と一緒に遊んだりしてとても楽しかった。

――お母さまが亡くなってからも、ふたりでずっと頑張ってきたのに。

今、ブランシュのそばには誰もいない。

それどころかブランシュは、このままベルシュタットにいれば殺されるだろうし――アーサーを殺そうとしたのだから、当然だろう――パルミナへ戻れるとも考えられない。

――アーサーさまを殺せなかった私を、お父さまが許してくださるわけがない。

どのみちブランシュは役立たずで、厄介者なのだ。

そのことが悲しくて、もう声をあげて泣くことしかできない。

どれくらい、そうしていただろう。

ブランシュは人の気配を感じて、のろのろと顔を上げた。

「…………誰？　誰かいるの……？」

雷鳴が轟いて、閃光が一瞬回廊に差しこむ。

腕を組み、壁にもたれかかるようにして、アーサーが少し離れたところから静かにブランシュを眺めていた。

「目を覚ましていたのか。寝室にいないから、どこへ行ったかと……」

「アーサーさま……!?」

ブランシュは、顔を強張らせて立ち上がる。

連れ戻しに来たのだろうか。

また、あの苦い薬を飲まされるのだろうか。

それとも。

「来ないで！」

咄嗟（とっさ）に、手近にあった扉を引き開けて外に踏み出す。

「待てブランシュ、そっちは危ない！」

アーサーが、声を張り上げる。

「戻れ！　その先は――――」

続く言葉は、ブランシュの耳には届かなかった。

侵入者を防ぐための扉。その先は床がない。

空中に放り出されたブランシュは、そのまま夜の湖水へと落下していった。

「きゃあーっ！」

悲鳴が、暴風雨にかき消される。


水しぶきを上げて湖に沈んだとき、ブランシュは目を丸くして、自分がどうして溺れているのか訳がわからなかった。

王城にあんな仕掛けがしてあるとは思わなかったし、生まれてこの方、泳いだこともない。

だから、みるみるうちに水の底に沈んでいくのがいっそ不思議だった。

夜の湖は真っ暗で、何も見えない。

——でも、綺麗だわ。

このまま水底に沈んで二度と浮かび上がれなくても、構わない。もういい。死んでしまえば、もう寂しくならないかもしれない。

悲しいことも苦しいことも嫌いだけれど、もっと恐ろしいのは寂しいこと。

ごぽ、と大きな気泡が口から出る。

息が苦しい。

水を吸った布が思った以上に四肢にまとわりついて重い。

諦めて目を瞑ろうとしたその瞬間、何者かに腕をぐいっと掴まれた。

アーサーだ。

ブランシュを追って湖に飛びこんだアーサーは怒ったような顔をしてブランシュの顔を掴み、唇を押し当てた。

生の息吹を吹きこまれる。

諦めるな、と励まされているような感覚が意外で、ブランシュはわずかに反応する。

冷たい湖水の中で、アーサーの唇が触れた箇所だけが温かいような気がする——そんなことは、ありえないはずなのに。

そのまま片手に抱き取られ、ぐんぐんと水上へ連れて行かれる。

湖の国の王は、泳ぎにも長けているようだ。

ゆっくりと沈んでいったのとは大違い、飛ぶような勢いで上へ上へと引き上げられていく。

「この、馬鹿……！」

ブランシュを抱えたまま水面に顔を出し、アーサーが腹立たしそうに叫んだ。

「泳げもしないなら、部屋から出るな！　おとなしくしていろ！」

片手にブランシュを抱き、片手で湖面を思いっきり叩きつける。

強い雨が容赦なく降り注ぎ、風も渦巻く中、ブランシュは激しく咳きこんで必死に息を整える。

救出されるのがあと少し遅かったら、死んでいただろう。

「陛下、ご無事ですか⁉」

足の速い見回り用の小舟が数隻、すでに駆けつけていた。明かりを灯し、湖上を照らして、何人かの兵士も湖に飛びこんで待機している。

ブランシュは小舟の上に引き上げられた。

それを確認してから、アーサーも手近な小舟に自力で乗り上げる。

大きな毛布にくるまれて王城の水門へ向かう間も、ブランシュはずっと震えていた。

一番近いところにある水門の奥の船着き場では、ラズがランタンを持って待ち受けていた。時ならぬ騒ぎを聞きつけていたらしい。

船着き場から王城の地下に繋がる通路に上がるころには、ブランシュの唇は紫色になるまで冷え切っていた。

全身ががくがく震えて、歯の根が合わない。

アーサーがそれに気づいて、苦く舌打ちした。

「おい、誰か。一足先に寝室へ行って、火をおこすように言ってこい。すぐに乾かして暖めなければ、肺炎を起こしかねん」

それから、ブランシュに向かって片膝をつき、顔を覗きこむ。

「この時期は、水遊びには向いていない。残念だったな。水浴びは、陽が高いうちにすることだ」

わざと冷ややかにからかわれて、そこで怒れるような性格なら良かった。でも、ブランシュは違う。

クロムートに引き取られて以降、押さえつけられ抑えこまれ、すっかり萎縮してしまった心は、後ろ向きに閉じこもっていくばかり。

ブランシュの喉から、嗚咽が迸る。

あまりに痛々しいその響きを耳にして、ずぶ濡れの身体を軽く拭っただけのアーサーが、大きくため息をつく。

「……助けてやったのに泣かれるとは、釈然としないものだな。ともかく部屋に戻るぞ。ここは冷える」

アーサーが、問答無用とばかりにブランシュの身体を抱き上げた。いやいや、と暴れる様子に辟易して、ラズに命じる。

「ラズ。アデーレを呼んでこい」

「姉をですか？　自室に下がって、もう休んでいると思いますが」

「これの面倒を見させるのは、アデーレが適任だろう。それともお前、泣き止ませることができるか。私はお手上げだ」

「――確かに。すぐに支度をさせて参ります」

ラズが頷いて、螺旋階段を駆け上がっていく。

「泣きっぱなしだな。お前――涙腺がどこか壊れているのではないか？」

アーサーの腕の中で、ブランシュは悲痛な声を上げて泣き続けている。

外では、ごうごうとうなり声を上げて風が逆巻く。

アーサーは、ブランシュの頭に額を押し当てるようにして、小さく囁いた。

「……頼むから、もう泣き止んでくれ」


嵐は朝方になってようやく収まり、その日は一日、見事なまでに晴れ渡った。

昨日漁に出られなかった漁師が朝から湖に船を出し、王城の洗濯女たちが仕事に精を出す。

たっぷりの陽射しを浴びたベルシュ湖は広く深く、どこまでも青い。

ベルシュタットの王城は、島ひとつをまるごと利用して建てられていることもあって、とても大きい。

常駐の兵士たちのほか、住みこんで働く使用人も多いからだ。

王城と王都ベルシュタット・タタンの中心街とはまっすぐな跳ね橋で繋がっていて、橋の上は馬車や荷車がしょっちゅう行き来している。

賑（にぎ）やかな市井の様子が、王城の中にいても伝わってくるようだ。

アーサーの住まいは、中心街とは反対側に建つ塔にある。

アーサー専用の続き部屋の真下の階に王妃の間と呼ばれる広い続き部屋があって、ブランシュは昨日の夜更けからこの部屋にいた。

晴天の一日もすっかり暮れ、今はもう湖も夜の色に染まっている。

王城のあちこちの窓から漏（も）れ出る光が湖面に反射して、きらきらしているのが珍しくて、ずっと見ていても全然飽きない。

「ブランシュ姫さま、窓際はお身体が冷えませんか？　こちらへどうぞ。温かいものをご用意いたしましたのよ」

ずっと外を眺め続けるブランシュに声をかけたのは、ラズの姉であり、この王城に仕える女官長のアデーレだ。

ブランシュは振り返り、こくりと頷く。

アデーレはブランシュが昨日の夜更け、この部屋に連れてこられたときからそばにいて、あれこれと世話を焼いてくれている。

女官長にしては年齢がやや若すぎるが、しっかりとしていて優しい。

だからブランシュも、すぐに打ち解けることができた。

湖に落ちて冷え切った身体を暖め、髪を乾かし、ブランシュが泣き止むようにと、温かい飲み物まですぐに用意してくれた。

何より背中を擦ってくれる手が優しくて、どことなく母親のジゼルを思い出させる声の様子も慕わしい。

そして夜が明けてブランシュが目を覚ますと、アデーレはすでに控えの間にいて、それからもずっと甲斐甲斐しく世話を焼き続けてくれている。

アデーレが盆を持っているのに気づいて、ブランシュは小首を傾げた。

「こんな夜更けに、お食事ですか……?」

夕食は済ませたし、テーブルに支度されているのはクルミを練りこんで焼いた小ぶりのパンのほか、野菜を細かくカットして浮かべたスープなどもある。

ブランシュがお茶の時間に気に入って食べた焼き林檎も並んでいた。

「ええ。お夕食もちょっとしか召し上がれなかったでしょう？　……パンより、お粥のほうがよろしかったでしょうか」

「あ、いいえ、そういうことではなくて……」

席についたブランシュが困惑しているところへ、アーサーが唐突に入ってきた。この城の主とはいえ、ノックも何もあったものではない。

女官たちが気づいて腰を折る。

ブランシュはアーサーの姿を見るなり顔を強張らせ、椅子から立ち上がった。

昨夜ブランシュをこの部屋に放りこみ、それ以降顔を見ていなかった。

執務を終えてきたらしきアーサーが、おもしろくなさそうに鼻を鳴らす。

「――ご挨拶だな」

そのまま真向かいの椅子に陣取られてしまい、ブランシュはこの部屋を出て奥の寝室へ飛びこむべきかどうか迷った。

「ブランシュ姫さま、どうぞお座りになって。大丈夫、わたくしがついておりますから」

アデーレがにこにこと言い、アーサーが渋面を作る。

「お前たちは私を猛獣かなにかと間違えていないか」

「陛下。わたくし、昨夜の件では無条件でブランシュ姫さまの味方ですの。殿方の政に口を挟むつもりはございませんが、若い女性をここまで怯えさせるなんて言語道断です」

アデーレは、昨日何が起こったのか、ほとんど知らない。

けれど、朝方になるまでブランシュが泣き続けたことや、ずぶ濡れで運びこまれてきた様子から、大体の事情は悟っていた。

アーサーが行儀悪く肘をつき、むすっとした口調で反論する。

「湖に落ちたのは、私の責任ではない。ブランシュが勝手に部屋を出たんだ」

「その原因を作ったのは、どなたですの？」

「……ふん」

アーサーがそっぽを向くのを、ブランシュは目を丸くして見ていた。

「年上の幼なじみはこれだから敵わん。いつまで経っても頭が上がらない」

アーサーが心底悔しそうな顔をするので、つい、吹き出してしまう。

だってあのアーサーが、アデーレには言われっぱなしでやりこめられているのだ。信じられないような光景だった。

ブランシュが両手で口もとを覆いながらくすくす笑っていると、その様子を見て、アーサーとアデーレがほっとしたように視線を合わせる。

ブランシュは今日はさすがに泣き止んだものの、ずっと沈みこんだままだったのだ。

「気分はどうだ。この部屋は気に入ったか」

ひと呼吸分返事をためらってから、ブランシュは率直に答えた。

丸一日ゆっくりしたおかげですっかり落ち着いていたし、ちょっと笑ったせいで気持ちも少しは軽くなっていた。

――昨日のアーサーさまは怖いけれど、今のアデーレに勝てないアーサーさまは、あんまり怖くないわ。

「お部屋は、とても素敵だと思います。広くて豪華で、窓からの景色がとても気に入りました」

「そうか」

ブランシュの顔色が和らいだことに安心したのだろうか。

アーサーがわずかに頬を笑ませた。

料理をテーブルに並べたアデーレが気がかりそうに勧める。

「せめて、このパンひとつくらいは召し上がらないとお身体に毒ですわ。パンが無理なら、果物だけでも。一日に一回は、きちんと火の入ったものを食べないと身体が冷えてしまいます」

心底心配そうに促されても、ブランシュは今、お腹が全然空いていない。

先程夕食に、薄切り肉のパイ包みや魚の煮こみや焼き菓子などをたくさん出され、ブランシュとしては満腹するまでいっぱい食べたばかりなのだ。

――まだお腹にいっぱい残っているような気がしているのに、これ以上、一口だって入らない。

強いて言うならば蜂蜜漬けの木の実を味見してみたかったけれど、お腹のほうが先に断りを入れてくる始末だ。

「なんだ。具合でも悪いのか？　それともパルミナの姫には、ベルシュタットの食事が口に合わないか？」

アーサーの声にいささかの棘が混じる。

途端にブランシュはびくっと震えた。

ブランシュが萎縮してしまったことに気づき、アデーレが助け船を出す。

「陛下。そんな風に怖いお顔をなさるから、ブランシュ姫さまが怯えてしまわれますのよ。でもブランシュ姫さま、わたくしたちもとても心配です。食べなくてはお身体がもちません。不満がおありなら、どうか遠慮なくおっしゃってくださいませ」

優しい双眸に、じっと見つめられる。

「そうだわ。お好きなものなら、少しは食が進むかもしれませんね。お好みは何ですか？　なんでも、すぐにご用意いたしますわ」

好きなものと言われても、ブランシュは困惑してしまう。

「――なにも不満なんてありません。お料理はとても美味しかったし、これで充分、お腹いっぱいです」

アーサーもアデーレも納得していない表情だったので、ブランシュは慌てて続けた。

「お腹がいっぱいすぎて、明日は何も食べなくても大丈夫なくらいです」

大げさではなく、そう思う。

「お前は一体、何を言っているんだ？　雀ほどの量も食べていないくせに」

アーサーが目を瞠る。

「いいえ、そんなことはありません！　アマリーアの村にいたときは、丸一日、食べるものがない日もありましたから」

日照りが続いてアマリーアの村どころか、パルミナ全体が飢えて乾いた年があった。

病気になった母親と、生まれつき病弱な弟に薬が必要で、食べるものが底をついたこともあった。

――しまった……！　つい、昔の感覚でものを言ってしまったわ。

以前はともかく、今のブランシュはパルミナの王女なのだ。

王女というものは痩せた畑を耕してわずかな作物を育てたり、村の子どもたちの面倒を見たり洗濯物を引き受けたりして小銭を稼いだりはしない――ものなのだろうか。

金色宮殿での王女教育で習ったのは読み書きと礼儀作法で、こういうことはまったく教わっていない。

――こういうとき、どう言えばいいの……？

ブランシュがぐるぐるしながら迷っていると、それまで目を瞠って聞いていたアデーレが、決心したようにぐっと拳を握った。

「わかりました。わたくし、意地でもブランシュ姫さまのお食事の量を増やしてみせますわ！」

険しい表情で腕組みをしていたアーサーも頷く。

「頼んだぞ、アデーレ」

夜更けてアデーレたちが下がり、ブランシュはアーサーとふたりで取り残される。

ぎこちない、けれどどこか優しい沈黙が漂った。

アーサーも、無理にブランシュを喋らせようとしない。

ブランシュは息を吸いこみ、覚悟を決めて、小さく囁いた。

「昨夜は取り乱してしまい、申し訳ありませんでした。もう落ち着きましたから」

その続きを口にするには、やはり、相当の勇気が必要だった。

不安に声が震える。

「私はこのあと、どういう風に殺されるのでしょうか……？」

「――殺すつもりなら昨日のうちにくびり殺している。お前の首くらい、片手でへし折れる」

怒ったように言い返されて、ブランシュは一瞬、それがどういう意味なのかわからなかった。

「そもそも殺すつもりなら、わざわざ夜の湖に飛びこんで助ける必要もないだろうが。二度手間になるだけだ」

アーサーがそう言って、立ち上がる。

手を差し出され、ブランシュは反射的に立ち上がった。

アーサーの大きくて乾いた手に引っ張られるようにして、寝室へ移る。

飴(あめ)色の木でできた寝台に腰を下ろし、アーサーがブランシュの片手を軽く握ったまま言う。

「尋問の続きだ。私は今夜、そのためにこの部屋へ来た」

「………っ」

「こら。どこへ行くつもりだ。また湖に飛びこみたいのか？」

背中からアーサーの腕に閉じこめられ、ブランシュは首を必死に何度も振った。

「あの薬はいやです、もういや！」

「よほど堪えたようだな。あれは子ども騙(だま)しのようなもので、実際の拷問にはもっと強い薬を使うのだが」

ひ、と喉が引き攣(つ)る。

あれ以上の薬を飲まされたりしたら、自分は今度こそ発狂してしまうだろう。

「それほど苦痛だったか」

こくんと頷くと、ひどく優しい調子で頭を撫(な)でられた。

「すなおに答えると約束するなら、もう薬は使わない」

アーサーの顎が、ブランシュの小さな肩にのしっと乗る。

「この程度で怯えきるくせに、よくまあ私に立ち向かってきたものだ。私を暗殺することに成功しても、捕らえられて拷問にかけられるとは思わなかったのか」

「……生き延びることは、考えていませんでした」

『アーサーに一太刀（ひとたち）浴びせたあとは、我が手の者どもが上手く処理する。お前はそのときまで何も知る必要はない』

金色宮殿で、呪いのように言い聞かされ続けた言葉。

『アーサーを殺すことがパルミナの勝利に繋がる。お前は救国の乙女となるのだ』

『パルミナのためにすべてを捧げよ』

その命令の数々を思い出し、ブランシュははっと気づく。

――お父さまお抱えの黒騎士団がアーサーさまにとどめを刺したあとは、私も殺される予定だったのではないかしら。

どう考えても、そのほうが自然だった。

まさか、と思いつつ、事実に気づいて青ざめる。

「お父さまは私を始めから、捨て駒にするつもりだったの……？」

もう、涙は出なかった。

ブランシュが父王に敬愛や親愛の情を抱けなかったのと同じように、クロムートにとっても、身分低い侍女に生ませた娘に愛情など持っていないのだろう。

ただ、利用価値があるから使った。

それだけのことだ。

「お前には、まだ訊かねばならないことがある」

アーサーはブランシュに尋ねる。

夜遅いせいか、声を少し小さく絞っていて、声音が耳に心地よい。よく聞いてみれば、穏やかで優しい声だ。

「――何でしょうか」

意地を張るつもりはない。アーサーが知りたいことを、ブランシュが知っていることならなんでも答える。

今は自然に、そう思えた。

「昨夜の襲撃に成功していたとして、それをお前はどうやってパルミナ王に知らせるつもりだった。私が死んだことを確かめないうちは、パルミナとて迂闊には動けまい。連絡役は誰だ。手段は暗号か？　それとも」

問われて、ブランシュは記憶を辿るように眼差しを空にさまよわせる。

――アーサーさまを刺したら、そのあとは確か。

「黒騎士団が後処理をする、とだけ聞いていました」

「黒騎士団？」

「父が重用する兵士たちです。誘拐、拷問、暗殺、処刑人を専らにしているため黒ずくめの服装をし、常に顔を隠しています。人を殺すことにまったく躊躇しないので、パルミナでは死神のように恐れられているんです」

黒騎士団が全部で何人いて、どこで何をしているのかはクロムート以外誰も知らない。パルミナを暗躍する影であり、クロムートの分身のような男たち。

アマリーアの実家にいたブランシュを、数ヶ月前、いきなり拉致したのもこの男たちだった。

それ以降ブランシュは、残った異父弟と連絡が取れない。

村の友人たちも勉強を教えてくれた教会の神父も、皆、どうしているだろうか。

「もしかしたら私について、黒騎士団はすでにこの王城に潜りこんでいるのかも……！」

ブランシュが周囲を警戒するように声をひそめる。

その間に、アーサーの意識は別のところに向けられていたらしい。

「アーサーさま、なにを……？」

アーサーがブランシュの手をすくいあげるようにして取り、じっと視線を注いでいた。

手を見られているのだ、と気づいて、ブランシュは恥ずかしさで真っ赤になった。

「あかぎれだらけの、ひどい手でしょう」

荒れた痕がまだ残っている手だ。

冬の間の水くみで荒れ放題になった手は、数か月程度の王女教育の間では治りきらなかった。

骨ばって女性らしいやわらかみに欠けて、それに加えて、剣だこまでできている。王女らしい手とは、およそ正反対の手だろう、とブランシュは恥じる。

お姫さまにふさわしいのはきっと、綺麗な指輪や、しゃれた爪紅が似合う白くてなめらかな手だ。

「――美しい手だ」

アーサーが、ブランシュの手を眺めながらぼそりと言う。

「嘘でしょう。からかうのはやめてください」

ブランシュの言葉を、アーサーは強く否定する。

「いいや。美しい手だ。昨日も気になっていた。もっとよく見せろ」

ブランシュはびっくりしたあまり、目を丸くしてしまった。

慌てて手を引っこめようとしたものの、手首をがっしり摑まれているので、隠すこともできない。

「こんな手が……？」

金色宮殿の侍女たちは、ブランシュの荒れた手にも、割れやすい爪にもしょっちゅう手こずっていたものだ。

アーサーがブランシュの手首ごと引っ張って、まじまじと眺める。

あまりに近くで見るのでアーサーの吐息が手のひらにかかって温かい。それが少し、くすぐったい。

「お前の生きざまが刻みこまれている手だな。これは必死に生きてきた証だ。誇っていい」

「いえ、そんな大層なものではなくて、ただ、働かないと食べていけないから……」

「この手に、私は敬意を表そう」

手の甲に、そっと唇で触れられた瞬間、ブランシュの心臓がありえないくらいにどきっと高鳴った――何故だろう。

アーサーは真摯な顔つきで、痛ましそうに手の傷のひとつひとつを撫でる。

そのしぐさには嘘がなく、かつ、とても情が深いように思えた。

「……こんな手を褒めてもらったのは、初めてです」

ふわっと微笑むと、アーサーが一瞬、まぶしそうに目を眇めた。

こうして、ブランシュのベルシュタットでの新しい生活が始まったのだった。

【2】


数日後、アーサーは王城を留守にした。

ベルシュタットの王は毎日多忙だ。アーサーは精力的に国内を動き回る。

「ようやく、ひび割れ部分に薄い膜が張ってきましたね。水がしみなくなれば痛みも減りますし、治りも早くなっていくはずですわ。そうしたらお似合いになりそうな指輪をたくさん注文して、爪紅（つまべに）も塗ってみましょうね」

アデーレがそう言って、白い貝殻に詰めた軟膏（なんこう）をブランシュの手にすりこむ。

薄く薄く、何度も塗り重ねてマッサージすることを数日繰り返しているうちに、ブランシュの手は劇的に良くなってきていた。

「治るものなんですね、私の手。すごい、血が出なくなってる」

ブランシュも、自分の手をしみじみと眺（なが）める。

ぱっくりと割れていた箇所は固くてごわごわしていて、白い粉のようなものもいっぱい噴いていた。

それが軟膏を塗ってマッサージすることでどんどんやわらかくなり、傷も塞がって、癒やされていくのが目に見えてわかる。

『美しいことには変わりないが、血が滲んでいるのは見ていて痛々しいな。軟膏を届けさせるから、アデーレに塗ってもらえ。あいつは、そういうことが昔から上手い』

そのおかげか、手だけでなく、ブランシュ自身随分と変わった。

一回の食事の量を減らし、その分回数を増やすことで食べられる量も増えた。痩せすぎているのはまだ仕方ないけれど、顔色が良くなり貧血も大方改善された。

捨てられた子猫か子うさぎのようだった表情もやわらかくなり――何より、ぴりぴりするような緊張感が消えていた。

アデーレをはじめとする女官たちにあれこれと世話を焼かれ、充分な栄養と睡眠を摂った成果である。

今朝も目を覚ましたブランシュは水色の絹のゆったりとしたドレスを着せてもらい、髪を梳いて結い上げてもらっていた。

パルミナでは夜明け前から起き出して働くのが普通だったので早起きは得意なのだけれど、ここ数日はとてもぐっすり眠っているせいか、目が覚めるのが遅い。

岸辺に建つ教会から、湖面に乗って朝の鐘の音が聞こえる。

中庭では兵士たちが練習試合で勇ましい物音を立て、跳ね橋は重い馬車が通るたびにぎしぎしと鳴る。

王城の中の様子や、湖の対面に広がる村々の賑わいが、手に取るようにわかるのが楽しい。

国内の開放的な空気が王城の中にも流れこんできて、ブランシュは呼吸をするのが楽だと思う。

涼やかな湖面を渡る風が王城を常に吹き抜けていて、気持ちが良いのだ。パルミナのじっとりと重苦しい雰囲気とは大違いだった。

「アーサーさまは、どこへ行かれたのですか？」

朝のお茶を飲みながら尋ねる。

「国境付近の定期的な見回りですわ。あの方は王城で書類仕事をなさるより、盗賊退治をしたり、駆け回っていたりするほうがお好みですの。その分、弟が書類を片付ける羽目になるのですけれど」

困ったものですわ、とアデーレが笑う。

アデーレとラズの母親は、少し前までこの王城で女官長を務めていた女性だそうだ。アーサーの母親と乳母は別にいたけれど、幼少時アーサーの教育に当たったのはその女官長だった。

今は身体を壊して田舎の実家で静養しており、その間、アデーレが代理で女官長の職を引き継いでいるのだという。

「国境の見回りって？」

他意なく尋ねると、アデーレよりも年若い女官がにこにこと教えてくれた。

「今回はエレ河近くの村を視察に行かれたそうですわ。あの辺りは気を抜くと、しょっちゅうパルミナの連中が」

そこまで言い差して、女官がはっと気づいて口を噤んだ。

「も、申し訳ありません！」

「いいえ、いいの。言いたいことはわかっているもの」

ベルシュタットの東側の端に流れているのがエレ河で、その先を少し行ったところにパルミナとの国境の森がある。

乾いた大地のパルミナにとって、豊かなエレ河は憧憬の的だ。昔からパルミナは、エレ河周辺の土地を狙い続けている。

ブランシュはそのパルミナの王女だ。

特に女官たちから冷たくあしらわれたりすることはないけれど、こういうときに、立場の違いがくっきりと浮かび上がる。

数瞬、気まずい沈黙が流れた。

アデーレがその場の空気を救うように、こだわりのない態度で朝食の小皿を並べた。

「今朝は料理人たちが、卵入りのケーキを焼いていましたの。ブランシュ姫さまに召し上がっていただきたいそうですよ」

「まあ。朝からケーキ？」

「甘みを抑えてあって、わたくしたちは軽食によく食べますのよ。ふわふわしていて口当たりが軽いですから、お茶ともよく合います」

アデーレのお勧めはどれも美味しいから、ブランシュは素直にケーキを口に運んだ。

一口含むと、すぐに口の中でしゅわしゅわと溶けてしまう。そのくちどけがおもしろくて、食が進む。

スープやサラダなども小さなお皿に少しだけ盛ってくれるので、食べやすくて良い。

長年の貧乏生活で胃が小さくなっているせいか、たくさんの料理を目にすると、それだけでお腹がいっぱいになってしまって食べられなくなるのだ。

厨房の料理人たちはそのことを理解していて、色々と工夫してくれる。

それに比べてパルミナでは、ブランシュひとりの食卓に乗り切れないくらい豪奢な料理を並べ立てて豪勢だったけれど、冷え切っていて、全然美味しくなかった。

「ブランシュ姫さま、ほら、あれ！」

先ほどの快活な女官が、窓の向こうを指さす。

「ちょっと小さな船が湖の深いところに出ていますでしょ。あれ、わたしたちにとっては特別な船なんです」

見てみると確かに、漁をするには小ぶりの船が数隻、鏡のように平らな湖面の中央辺りまで繰り出している。男たちが網を引き上げているのが、遠目でもわかる。

「特別？　あの船は何をとっているの？」

「真珠ですわ。魚ももちろんとれますけど、ベルシュ湖の真珠は輝きが強くて綺麗なんです」

女官が、うっとりした表情を浮かべる。

「高価なものですから、簡単には手に入らないんですけど。ベルシュ湖の真珠は、ベルシュタットの婚礼には欠かせない品なんです。今採っているのはブランシュ姫さまの指輪に使うためのものですわ、きっと」

「え？」

思いもかけないことを耳にして、ブランシュは目を瞬かせた。

「私は、指輪は似合わないでしょうから……」

「あら、だってわたし、聞きましたもの。陛下が出入りの宝石職人を呼んで、真珠の指輪を誂(あつら)えたいって注文なさったそうですよ。婚礼用には代々伝わる宝飾品がありますけど、新しいものを贈りたいとお考えなのではありません？　ね、アデーレさま？」

アデーレがおっとり頷(うなず)き、にこやかにブランシュの瞳を覗(のぞ)きこんだ。

「そうねえ。真珠はお守りになると申しますから、陛下もそうお考えなのかもしれませんわ」

「だって、首飾りとか髪飾りとか、使うようにってたくさん届きましたし」

「ドレスもお靴もお化粧品も、まだまだ届きますよ。陛下が手配なさいましたから」

「贅沢(ぜいたく)なものばっかりそんなにあっても、もったいないです」

「腐りはしませんから心配ご無用です」

こんな感じで、ブランシュは大抵押し切られてしまう。

結った髪に絹のリボンを結び、耳飾りをつけて、可愛らしいドレスを着て、お人形のように飾り立てられて。

ブランシュは、湖の向こう、エレ河のある方向へ視線を送る。

——アーサーさまが戻ってきたら、ドレスとかのお礼を言いましょう。手もお見せして、軟膏のお礼も言って、それから。

「……あと、もういっぱいあるのでこれ以上は要りませんって言ったら、アーサーさま、怒るかしら」

湖に面した窓の向こうから、水鳥の鳴き交わす声が聞こえる。眠りから覚めたせっかちな鳥たちが、水を飲みに来ているのだ。

外はまだ、空が明るみ始めたばかり。

水鳥たちは新しい朝の訪れがよほど嬉しいのか、大騒ぎしている。

「——そろそろ、夜明けかしら……?」

今日は、いつもより早く目を覚ますことができた。

カーテンの隙間から白い光がわずかに差しこみ始めている。

ブランシュの部屋の窓は、どの部屋もとても大きい。この続き部屋は代々王妃が暮らしてきたこともあって、女性らしい細やかな細工がしてある。

窓枠は緩やかな曲線を描き、桟はすべて細い艶消しの金細工。紫檀の寝台の脚にも飾り彫りがあって華やかだ。

けれど、どの部屋にも絵画は一枚も飾ってなかった。

『空気が湖の水気をたっぷり含みますから、絵画には良くない環境なんです。この王城を建てた初代が飾った絵画はすぐにだめになってしまったそうで、残っているのは歴代の王族の肖像画ばかりだそうですわ』

アデーレがそう教えてくれた。

でも窓を大きく取っているせいでどの部屋からも湖の景色が見え、まるで一枚の大きな絵画を飾っているよう。

他の絵に邪魔されない分、景色を思い切り楽しむことができる。

ブランシュの続き部屋は高いところにある分、城壁にも景色を邪魔されないので最高だった。

「早起きできるように、夜のうちに少しだけカーテンを開けておいたんだけど、何だったっけ……」

まだ瞼が重くて、目を閉じたまま、手足を伸ばす。

身体をきゅっと縮こまらせて眠るのは、小さいころからの癖だ。苦しそうな体勢だとよく言われるけれど、むしろ、こうしないと眠れない。

「特に今日は、なんだか温かくてすごく良い夢を見たみたい」

それは良かった、と誰かが頭上で小さく笑う気配がする。

「でも、そろそろ起きなくちゃ……」

「何故だ。眠いのなら寝ていればいい。起きるにはまだ早いぞ」

「でも、朝の湖の景色を見るつもりなの」

「湖？」

「ええ。昨日アデーレが、朝焼けの湖は薄紫色に染まってとても幻想的だって教えてくれたから」

周囲を緑豊かな森に囲まれたベルシュ湖はよく晴れた日中は青く、風の強い日は周囲の木々を映して揺れる緑に、夕焼けは炎のように真っ赤に染まる。

一日のうちに色々な表情を見せるので、ブランシュにはそれが珍しくておもしろくてたまらない。

ゆっくりと起き上がろうとしたブランシュは、それができないことに気づいた。誰かの腕が絡みついて、寝台に引き留められている。それに自分は先程から、一体誰と話しているのだろう。

薄明るい部屋の中で、ぱっちりと目を見開く。

「きゃ……っ⁉」

一体いつやってきたのか、アーサーがブランシュの傍(かたわ)らに横たわっていた。眠ってはいなかったようで、立てた肘を枕に、長い足を悠々と投げ出している。

アーサーはブランシュの驚いているさまを眺めて、やや人の悪い笑みを浮かべていた。

「アーサーさま⁉　どうしてここにいらっしゃるんですか⁉」

「ここは私の城だ。私がいつどこにいようと、私の自由だろう？」

温かかったのは、アーサーがブランシュを軽く胸に抱き寄せていたせいだ。

それに気づいても、ブランシュは先日受けた蛮行を思い出さなかった。

長い腕にすっぽりと包まれているのがとても心地よい上に、アーサーからも刺々(とげとげ)した雰囲気を感じない。

良い夢を見たのはきっと、アーサーがずっとブランシュの髪を撫(な)でていたせいだろう。

「全然気づきませんでした。私が眠る前、アーサーさまはまだお戻りになっていませんでしたもの」

奇襲に成功したアーサーが、機嫌が良さそうな笑みを浮かべる。

「帰還したのは真夜中だったからな。時間が時間だから先触れも控えさせた。私が寝室に入っても、お前は気づきもせずによく眠っていた。少しは顔色が良くなってきたようだな。手も案外治りが早いじゃないか。軟膏はきちんと塗っているか？」

「はい。アデーレが毎日、丁寧に塗ってくれるんです」

「そうか」

王城での暮らしに馴染んだようだな、とアーサーは満足そうだ。

「それにしてもお前、妙な寝方をするものだな。身体が苦しくならないのか？」

「はい。これはもう癖みたいになっていて」

陽が差しこむ量がどんどん増える。

明るくなっていく寝台の上で、アーサーが微笑している様子がはっきり見える。

アーサーは帰城してすぐに着替えたのか、薄いシャツにズボンだけのくつろいだ格好をしていた。常に身に帯びている愛用の長剣は、枕の上に無防備に置いてある。

気軽な服装で微笑んでいても変わらないのは、王者としての堂々とした風格だ。それだけは、この人がどんな格好をしても全然変わらないだろう、とブランシュは思う。

意志の強そうな黒曜石の双眸も、きっぱりと力強そうな唇も、ブランシュとは正反対だ。

アーサーがふと気づいて、窓辺に視線を向けた。

「朝の湖が見たいのなら、早く行け。水面が朝霧に包まれたさまは格別だぞ。天候次第でころころ変わるから、同じ景色は二度と見られない」

「大変！」

途端に、寝台から転がり落ちるようにして窓辺に走り寄る。

薄衣の夜着一枚で、寝乱れた髪を気にすることなく一直線にカーテンを開け、身を乗り出すようにして外の景色を眺める。

「わあ……っ！」

白い霧が一面に広がっていて、目を凝らすと、その下にベルシュ湖が見える。

朝陽が差しこむ少しの間だけ、青い水面が薄紫色に変化する。目覚める前の湖の景色はとても神秘的だった。

目を丸くして眺めていたブランシュは、両手を打って喜ぶ。

「すごいわ、本当に薄紫色！　アーサーさまも見てください！　とっても綺麗！」

興奮覚めやらず、ブランシュは満面の笑みを浮かべて続けた。

「どうしてあんな風に不思議な色になるんですか⁉　うわあ、すごいすごい、霧がどんどん深くなる……！」

「そんなに珍しいものか？」

まだ寝台に寝転んでいたアーサーが、ゆっくり起き上がって近づいてきた。

背が高いので上の窓枠に片手をかけ、ブランシュの頭上から景色を眺める。アーサーはこの王城で育っているため、湖の七変化は珍しくもなんともないらしい。

「アーサーさま見て、外に手を出しただけで、ちょっとしっとり指先が濡れてます！　アマリーアの村でも霧は見たことありますけど、こんなに濃くなかったはずです」

伸ばした手の先が見えなくなるくらいの濃霧は、初めて見る。王城ごと真っ白な霧に包まれて、ここがどこなのか一瞬わからなくなるくらいだ。

「すごい、おもしろーい！　霧って言うより、大きな雲の中にいるみたい！」

ブランシュはきゃあきゃあとはしゃぎ、頬も薔薇色に染まる。

「外に出たら、そのまま歩けそう！」

「待て、それは無理だ」

そう言って、アーサーがブランシュのお腹に片腕を回す。どうやら、放っておいたら転落すると思ったらしい。

「今度、雨が降ったあとに見てみろ。虹が見えるはずだ」

「虹まで見えるんですか⁉　はい、絶対見ます！」

パルミナの金色宮殿に拉致されて以来すっかりなりを潜めていたけれど、ブランシュはもともと明るい性格の少女だった。

お喋(しゃべ)りが好きで楽しいことが好きで、悪戯(いたずら)も好きなお転婆(てんば)娘(むすめ)だった。

母と義父と弟と家族四人で暮らしていたころはまだ生活もそれほど苦しくなく、元気いっぱい、アマリーアの村の中を走り回っていたものだ。

そのころは自分が国王の庶子だなんて知らなかったし、将来隣国に嫁ぐことになるなんて夢にも思わなかった。

生まれつき病弱な弟を楽しませるために、外で起こったおもしろいことを土産話にたくさん持って帰った。

『姉さんが楽しかったことを話してくれると、僕も楽しい』

しょっちゅう寝こんでしまう弟が、ブランシュの話を聞いているときだけは目を生き生きと輝かせて、楽しそうに笑ってくれたから。

「この程度のことに、よくそんなに感激できるものだ。アデーレがずっと湖ばかり見ていると言っていたが、飽きないのか？」

「ちっとも！　それに魚釣りをしている人とか、水際で洗い物をしている人とかも小さいけど見えますから。水鳥だけじゃなくて、鹿が水を飲みに来ているところも見ました！」

ブランシュは満面の笑みを浮かべてアーサーの顔を見上げる。

「熊や猪(いのしし)は森の奥に湧き水があるから、湖のほうには滅多に出てこないそうですね。冬になったら一面に氷が張るんですよね？　そうしたら、湖の上を歩くことができるって本当ですか？」

興奮しているせいか、ブランシュの勢いがとまらない。

アーサーは、ふっと口もとを緩めた。

「なんだ。お前は見たいものを見ると、そんなふうに笑うのか」

「え？」

「いささか子どもっぽすぎる感はあるが、おとなしいだけの退屈な女よりよほど好みだ。悪くない」

「アーサーさま？」

「私はこのあと、ベルシュタット・タタンの視察に出かける。興味があるなら一緒に行くか」

笑いながら誘われて、ブランシュは迷うことなく頷（うなず）いた。

「はい！」

外出用に身支度を整えるなり、階下に降りる。

横に長い塔の一階部分を通り抜けて、城門に繋がっている大広場に着くと、指示が届いていたのか、馬がすでに馬房から引き出されて準備を整えられていた。

アーサーの愛馬である黒馬と、ラズの乗る栗毛の馬と、ブランシュのために身体の小さい白馬が用意されていた。

三頭とも気持ちが逸（はや）っているのか、ぶるると鼻を鳴らし、落ち着きなく蹄（ひづめ）を打ち鳴らしている。

馬は脚の力がとても強くて、人間の身体など簡単に踏（ふ）み潰せてしまうという。

ブランシュは、慌てて後ずさりする。

「私、馬に乗ったことがないんです」

畑仕事に行く際に驢馬（ろば）の引く荷台に乗ったことならあるけれど、馬は経験がない。

「馬に乗れないだと？」

アーサーが瞠目する。

「うっかりしていましたね。ベルシュタットでは、わりと女性も馬に乗るんですよ。馬車を乗り回すよりも早いし小回りが利くので」

困りましたね、とラズが少し顔をしかめた。

「すぐに馬車の用意をするよう言って参りますから、その間、ひとまずお部屋にお戻りになりますか？」

「いい、面倒だ。私の馬に乗せていく」

ブランシュが一言も口を挟めないでいる間に、ひょいと鞍（くら）の上に抱き上げられてしまった。

跳ね橋を勢いよく二頭の馬が駆けてゆく。

「ブランシュ、見てみろ。砦のところで兵士たちが見送っている。早朝訓練の連中だな。ご苦労なことだ。手を振ってやれ」

背後からアーサーにそう言われても、ブランシュはそれどころではなかった。

馬の背に横座りになり、アーサーの腕の中で、ぴっきーんと凍りついている。

「どうした？」

「……………、こ」

「こ？」

手綱(たづな)を握るアーサーが、ブランシュの口もとに耳を近づける。

跳ね橋を走る足音がどっどっと腹の底に響いて、声を張り上げないことにはろくに聞き取れない。

アーサーの黒馬は足がとても速く、まるで飛ぶように走る。

「怖……！　高い、速い、怖い……！」

できることなら、今すぐ降ろしてほしい。

馬で駆けることが、こんなに恐ろしいとは思わなかった。

固まっているブランシュに、アーサーが速度を落とし、耳に直接囁(ささや)きかける。

「……ブランシュ。顔を上げろ」

「無理、無理です……！」

馬の背はとても高い。

上背のあるアーサーの、肩よりもまだ高い位置にあるだろう。そんな高いところからも し振り落とされてしまったら、無事では済まない。

「私が支えている限り、落ちはしない」

そう言われても、怖いものは怖い。

足先がどこにもついていなくて不安定なのもいやだ。

「──ごめんなさい……」

ブランシュは固く目を瞑ったままうつむく。

ため息をひとつついたアーサーが、その場で馬を止めた。賢い馬は指示を受けてすぐに立ち止まる。

ぎゅ、と身体を丸めて縮こまるブランシュの肩をアーサーがぐっと抱いて、強引に背筋を伸ばさせた。

「目を開けてよく見ろ。これが私の国だ」

促されて、ブランシュは恐る恐る目を開いた。

「ちょうど今、跳ね橋の中央を過ぎたところだ」

湖面を渡る風が爽やかで、少し冷たい。

高い馬上から、朝風に吹かれて、跳ね橋の向こうに広がるベルシュタット・タタンの街を一望する。

朝日の鈍い光を受けて時計台は誇らしげに鳴り響き、赤い煉瓦屋根の家々がびっしり立ち並ぶ。

白い天幕を張っているのは行商人たちの店、ベルシュ湖を渡って運ばれてきた品々が市場に溢れんばかりだ。

くっきりと鮮やかで活気に満ちた景色に、ブランシュは目を奪われる。

「わあ……！」

「飛ばせばすぐに着く距離だが――ゆっくり行くか。のんびり走ったところで四半時もかからない場所だ」

黒馬がゆっくり走りだす。

心構えができていたので、馬上が大きく上下に揺れても、今度はあまり怖いと思わなかった。身体が慣れてきたのだろうか。

それとも、アーサーの腕にしっかりと抱き留められているのがわかるから、安心していられるのだろうか。

「湖畔からベルシュ湖を渡って農作物が多く届き、エレ河を下って北から交易品が持ちこまれてくる。ベルシュタット・タタンの市場は品数が多くてなかなか見応えがあるぞ。ほら、あの鐘撞き塔が見えるだろう？　その手前の通りだ」

ラズも横から口を添える。

「この辻を曲がって先に行くと、月見草が群生する花畑に着くんですよ。いつかお目にかけましょう」

「月見草？　どんな花ですか？」

「夕方から朝方にかけて咲くのですが、その間に花びらの色が変わるんです。ベルシュタットの女性たちの好む花ですよ」

市(いち)の手前の噴水広場で馬を下りる。

いくつかの宿屋が馬を預かる場所を貸し出していて、馬の世話もしておいてくれるらしい。ラズが手早く交渉している間に、アーサーは先にブランシュを連れて市の中へ入っていた。

市には地元の人間はもちろん、アーサーのように身なりの良い騎士や、見るからに異国の出身だとわかる人々も大勢いた。

大通りを利用した市はわりと狭くて、真ん中の通路を荷車が通ろうとすると一悶着(ひともんちゃく)起きる。

のんびり見物して歩く人もいれば、大きな荷物を背負って本気買いしている人もいるようだ。

この国の王たるアーサーが顔を隠そうともしないのがブランシュには不思議だったのだ

けれど、確かにこの人の多さでは、紛れこむことは簡単そうだ。警備のほうも、本人とラズがいれば問題ないのだろう。

ブランシュは隣を歩くアーサーの上着の裾を掴んで、ちょっと引っ張った。

「すごい人出！　今日は何かのお祭りですか？」

「いや、違うだろう。特に何もないはずだ。どうしてそんなことを訊く？」

「だって、こんなにいっぱい人がいるのなんて初めて見ます。アマリーアの村の皆が集まったときよりずっと多いみたい！　すごい、すごーい！」

ぴょんと跳ねたブランシュは、そのまま走りだしたい気分だった。

人が楽しそうにしているのを見ると、ブランシュまで楽しくなってくる。浮かれる気持ちは伝染するものだ。

アデーレが、市に行くのならと裾が短めのドレスを支度してくれた。

埃よけと陽射しよけを兼ねたフードつきの上着を羽織って、髪も緩くまとめている。いつも着ているドレスより動きやすくて、靴も編み上げの丈夫そうなブーツを履いているから、用意は万全だ。

「早く行きましょう！　あちこち覗いてみたいです！」

「少し落ち着け。連れてきた甲斐のあるやつだ」

アーサーがちょっと笑って、つばの広い帽子を深く被り直した。

「お前も、フードを被っておけ。埃よけをしておかないと砂だらけになるぞ」

「おふたりとも、ここでしたか」

ラズも合流して、いよいよ人通りの多い方角へ進んでいこうとして、アーサーがつと立ち止まった。

「お前、私の目の届かないところへ勝手に行くなよ。もしはぐれたら、先程の噴水のところに戻れ。わかったな?」

「はい!」

ブランシュはもう気もそぞろで、アーサーの言うことがほとんど耳に入っていない。

アーサーがラズと顔を見合わせて苦笑いした。

「きちんと捕まえておかないと、三秒ではぐれるだろうな」


アーサーにしっかり片手を握られ、煉瓦を敷き詰めた広い道を歩いていくだけでも、うきうきして気分が高揚する。

新鮮な野菜や花を所狭しと並べているいい匂いのする一角を通り過ぎ、絞りたてのミルクを売っている店でコップ一杯のミルクを買って飲む。固い木を削って作ったカップに入ったミルクは、懐かしい味がした。

カップに口をつけたブランシュは、一口飲みこんで力説した。

「あー、これこれ！　この味です！　絞りたてのミルク！」

パルミナの金色宮殿では、水やミルクは下々の飲むものだと見下して一切饗されなかった。

王城では料理に使われていたり、お茶にたっぷり入れてあったりしたけれど、ブランシュにとってはこの素朴な味わいが一番美味しい。

「アマリーアの村を出て以来です。懐かしいなあ」

「そういえば腹が減ったな。適当に食べるか。何か食べたいものはあるか？　言ってみろ」

確かに、朝食も食べずに飛び出してきたのだから、そろそろ空腹にもなってくる頃だ。

「あれ、何ですか？　なんだかとっても楽しそう」

ブランシュが、先ほどから気になっていたものを指さす。

その方向へ首を巡らせたアーサーが、軽く頷いた。丸い広場の中央で焚火をして、その周囲の簡単な作りのベンチに人々が腰を下ろしている。

「市で買った肉や魚などを焼いて食べられるように火をおこしてあるんだ。寒い時期には温かい飲み物を利用客に振る舞ったりもしている。この市は買い物目的の客以外に、観光客も結構来るようだからな」

「あっちは？」

「あの通りは雑貨だ。エレ河を下ってくる名産品が多いかな。ダリヤの絹織物にナーバーの毛織物、漆器類はバラタヴァ、硝子(がらす)細工ならトーヌーズが質が一番いい。こっちは主に南で採れる香辛料やハーブ、薬草系だな」

「詳しいんですね」

ブランシュが感心すると、アーサーがなんでもなさそうに答えた。

「時々視察に来ているからな。自分の国の人間がどんなものを食べてどんな暮らしをしているのかを知るのは重要なことだ」

ブランシュは気づいていないが、市には、私服姿の軍人が紛れこんで目を光らせている。

「王城から役人を派遣しているから、ひどいぼったくりをするような店も少ない。危険を冒して罰金を払うより、良心的な商いをしたほうが割りが良い」

とはいえ、盗賊が紛れこんでいたり質の悪い品を持ちこむ者がいたり、治安はなかなか改善しきれないでいるらしい。

「罰則を厳しくすればある程度はなんとかなるが、別に押さえつけたいわけではないからな」

――アーサーさまは、お父さまとは何から何まで違うんだわ。

パルミナは表向きはとても統率が取れて整っている。

クロムートの不興を買うようなことがあれば即縛り首になるのがわかっているので、パルミナ・ルルドの治安はとても良かった。

――その分、田舎は荒れ放題で盗賊たちが暴れ回り、それどころか軍隊でさえ規律が乱れていた。

祖国の様子を思い出すと、胸が痛い。

赤茶けた大地は乾いて実りが悪い。アマリーアの村人たちは痩せて顔色が悪いのに、首都はどこもかしこも磨き上げられて光り輝いていた。文字通り、クロムートを筆頭とする貴族たちが押さえこんでいるせいだ。

めっきり口数が減ってしまったブランシュを、アーサーは疲れたのだと受け取ったらしい。

「せっかくの機会だ。そこのベンチで何か焼いて食べるとしよう」

ブランシュとアーサーが座っていると、ラズが近くの店で適当に見繕ってきてくれた。ベルシュ湖で水揚げしたばかりの魚を串焼きにしている間に、アーサーは大きな挽き肉のパイをほんの数口で食べてしまった。

考えてみれば、アーサーと食事をするのは初めてだ。

火のそばでじゅうじゅう焼けているソーセージと、穀物の粉を団子にしてスープに入れたものを渡されて恐る恐る口に運ぶ。肉汁が滴るようなソーセージなんて食べるのは何年ぶりだろう。

「美味し〜い……」

熱々だから、口の中を火傷しないようにゆっくり食べる。隣でアーサーは魚にかぶりつき、ソーセージも平らげ、パンもさっさとお腹に収めていく。

「たくさん食べろ。魚は焼いたのも美味いが、揚げ魚もなかなかいけるぞ」

勧められたものの、魚を丸ごと一匹は、ブランシュには大きすぎる。それでも朝のうちはほとんど食べられないのに、今朝は食が進む。

スープとソーセージを食べきったあとは、ラズが気を利かせて甘いものを買ってきてくれた。果物のほか、砂糖菓子や揚げ菓子もある。

「甘いものはお好きですか？　果物は種類が多かったので、店の主人が勧めるものを買ってきました」

「ありがとう」

果物は昔から大好物だ。苺や林檎は森に自生しているから、アマリーアでも比較的簡単に手に入った。

ベルシュタットの果物はどんな味だろう。初めて見る果物を、わくわくしながら眺める。手のひらより小さい果物で、ころんと丸みを帯びていて、ブランシュが今まで見たことがない果物だった。

「おもしろい形。皮は、やわらかそう……？」

「無花果（いちじく）だ。皮も食べられるから、そのまま齧（かじ）りつけ」

「はい！」

ねっとりとした果肉と、ぷちぷちした種の部分の触感の違いが楽しい。

「味はあっさりめ、いえ違う、結構濃厚？　香りがあとから追いかけてくる……私この果物、大好きです！」

「それは良かったです。姉にも言っておきますね。王城の中庭でも、無花果は育てているんですよ」

アーサーより先に満腹になったブランシュは食後の香草茶を飲みながら、辺りを飽きることなく眺めていた。

――なんて賑やかで、活気があるの。

行き交う人々は忙しそうでもあり、楽しそうでもある。

そこそこ貧しそうな身なりをしている人はいても、飢えて倒れて死にかけている人はいない。

何より、皆笑っている。生き生きしている。

「パルミナ・ルルドでもこんなふうに笑っている人たちがいたのかなあ……？」

金色宮殿の奥深くに閉じこめられていたから、パルミナの王都の人々がどのような暮らしをしていたのかをブランシュは知らない。

焚火のそばを離れて、今度は、宝石や飾り細工を商っている店を覗いて歩いていると。

人通りの少なくなった街角で、アーサーが不意に声をひそめた。アーサーの胸の中に抱きこめられる。

「いいかブランシュ。絶対に私のそばを離れるなよ」

「え？」

その声が耳に届くか否かというときに、気がつくと周囲を黒ずくめの男たちに取り巻かれていた。

「……っ、アーサーさま！」

危険を察知したブランシュが振り仰ぐと、アーサーは落ち着き払っていた。

腰に佩いた長剣の柄に手をかけてはいるものの、抜刀はしていない。その斜め後ろで、ラズが鞘走りの音を響かせる。

「人通りのない場所に来るのを待ち伏せていたのか──狙いはどっちだろうな。ブランシュか、私か」

「どちらでも敵は敵です。すぐに済ませましょう。騒ぎになると厄介ですから」

そう言うなり、ラズが物も言わずに襲いかかってきた男たちに向かって剣を振るった。

宝石商の商人や行き会わせた人たちが遠巻きにして、半ばおもしろがるように眺めている。この程度の騒動は珍しくないのだろう。

ラズはまるで舞を舞っているかのような優雅さで、敵をたやすく薙ぎ払っていった。最初の二人が手傷を負った段階で、力量の差は明らかだ。

「──おい。撤退だ」

頭領らしき男の合図で、男たちがあっというまに散る。

それを見送り、アーサーは冷静に分析した。最初から相手をするのはラズひとりで充分だと踏んでいたので、読み通りだ。

「様子見といったところだな。向こうから殺気は感じなかった。ブランシュ、平気か？」

「はい……」

ブランシュは実戦を目の当たりにして、すっかり気圧されてしまっていた。自分が受けた稽古などとは基礎からして違う。

「あの、アーサーさま。今の人たちって」

「泥棒の類だろう。剣を振り回して威嚇して、金目のものを奪おうとする輩が多いんだ。取り締まってはいるんだが、時々は奴隷商人なんかも交じっている。どうした。疲れたか？」

青ざめたブランシュはアーサーの片腕にしがみついたまま、頷くことも、首を横に振ることもできずに考えこんでいた。

気になるのは、今の男たちが黒装束に身を固めていたことだ。

――アーサーさまの言う通り、ただの盗賊ならいいんだけど……。お父さまはきっと、私が暗殺に失敗したことを知っている。その程度のことを黒騎士団が探れないわけがないもの。

もしわざわざ黒騎士団がブランシュの前に姿を現したのだとしたら、その理由はただひとつ。

アーサーの暗殺を――ブランシュに課せられた使命を忘れるなということだ。

――そう……私は、お父さまには逆らえない。命令は果たさなくてはならない。

何故ならブランシュは、たったひとつの弱みをクロムートに握られているからだ。


ブランシュが目に見えて元気がなくなってしまったため、アーサーたちは視察を切り上げて王城へ戻ることにした。

その帰り道もブランシュはずっと黙りこみ、考えごとに沈んでいた。

アーサーは執務に戻り、ラズもその補佐に忙しい。

ブランシュはアデーレたちの待つ部屋へ戻るなり、少しくたびれたからと断って、しばらくひとりきりにしてもらった。

窓辺に置いてある安楽椅子に腰かけ、すっかり気に入った湖の景色で心を落ち着かせようとしたそのとき。

「……っ⁉」

ブランシュの背筋を、ぞわぞわしたものが駆け抜けていった。

湖畔に小さな人影がいくつか見える。

その影は皆黒ずくめの服装をしていて、ブランシュのいる部屋の方角だけをじっと凝視している。

——黒騎士団だわ。やっぱり、ベルシュタットに潜入していたんだわ……！

怯（おび）えたように立ち上がり、窓辺から離れる。

そんなことをしても逃げられないとわかっているけれど、逃げずにはいられなかった。

パルミナ国内を、死神のように暗躍する男たち。

アマリーアの村からブランシュを拉致して、金色宮殿へと運んだ男たち。

「どうしよう。どうしたらいいの……？」

【3】

一晩悩んだ末にブランシュは、アーサーに相談してみることにした。

秘密のすべてを打ち明けるわけにはいかないけれど、黒騎士団が王城に潜入していると いうのなら、それだけでも話しておいたほうがいいだろうと判断したのだ。

ところがアーサーは、夜明け前に王城を出立してしまっていた。ブランシュも今日は昼 前からずっと、婚礼衣装の試し着をしている。

ブランシュ自身すっかり忘れていたのだけれど、次の満月の夜に婚礼の式典が行われる のだ。

ブランシュが、ベルシュタットの王妃として国内外に披露される日でもある。

若きアーサーが結婚すること、長年のパルミナとの戦争が終結したことを祝って、当日 は国を挙げての祝賀行事になるらしい。

準備は、縁談がまとまった日から着々と進められていた。

「花嫁衣装はすでに商人たちが仮縫いまで済ませていたのですけれど、陛下が、ブランシュ姫さまにはもっとシンプルで可憐なデザインのほうがいい、とおっしゃって」

アデーレが、ころころと喉を鳴らして笑う。

ブランシュにドレスと装飾品を合わせながら、お針子の年配の女性たちも微笑む。王妃の間にはたとえ出入りの商人であろうとも、男性は立ち入ることができない。

そのため品物を誂えるときなどは応接の間がある部屋まで出向くのが普通なのだけれど、今回は、商人側から女性のお針子たちが送りこまれてきた。

お針子の女性たちは、手早く作業を進めていく。

「国王陛下のお目は確かなようですね。用意していたドレスはちょっと、こちらのお姫さまには派手すぎるかもしれません。もっと首もとを高く詰めて、肌の露出を控えた清楚なドレスのほうがお似合いになりますわ」

ドレスは純白の絹製だ。

腕や背中は極上のレースで覆い、胸に飾るボタンはすべて真珠。もちろん、ベルシュ湖でとれた真珠だ。手袋も薄いレースでできていて、指輪もその上から嵌められるようになっている。

サテンのリボンに真珠を縫いつけたものを華やかに結い、蜻蛉の羽根のように軽いベールを被る。

「指輪の交換が終わったあと、陛下から正妃の宝冠を贈られますから。儀式のあとはそちらを着けていただきます。手はずはわたくしたちが整えておきますから、ご心配なく」

花嫁衣裳を請け負うお針子たちはともかく、女官たちもなんだか気合が漲っている。彼女たち曰く、結婚式は女性の永遠の憧れなのだそうだ。

——こんな綺麗なドレス、私に似合うのかしら。

ブランシュとしては、いささか自信がない。

パルミナにいたときはともかく、この王城で見かける女性たちは本当に綺麗だ。清潔な装いをして、明るく振る舞っている女性が多い。

アデーレもいつも背筋がぴんと伸びて、教養や育ちの良さが滲み出ていて、とても美しい。

——私にはないものばかりだわ。

ブランシュは自分自身の見た目に自信はない。

——数か月前まで、アマリーアの村で働きづめだったんだもの。手だけじゃなく顔色も悪いし、痩せっぽちだし、みっともない小娘だってお父さまも言っていたわ。

「さあ、出来上がりましたよ！　鏡に映してご覧になってください。素晴らしいですわ」

結婚指輪は代々ベルシュタット王家に伝わる王と王妃の対の指輪があり、それを今、磨き直し、大きさも調整している最中だという。ただそれはたくさんの宝玉をあしらってとても重いので、普段着けるには重すぎる。

アーサーがブランシュのために注文した真珠の指輪は製造に時間がかかり、婚礼の日までには間に合わないらしい。

真珠を砕いて貼りつけた白絹の靴を履いて大きな鏡に映った自分の姿を見たとき、ブランシュはびっくりした。

「これが、私……？」

以前のブランシュとはまるで違う。

痩せすぎていた身体に少しやわらかみが増し、青白かった肌も生き生きとした張りと艶(つや)がある。

香油をつけて朝晩丁寧(ていねい)に梳いてもらう金髪は見事なくらい輝きを放ち、純白の花嫁衣裳がよく映えていた。

「とてもお美しいですよ。まるで、湖に棲(す)む妖精のようですわ」

お針子の女性が頷(うなず)き、アデーレたちも賛同する。

「本当に！　よくお似合いですわ」

「なんだかちょっと気恥ずかしいわ……でも、ありがとうございます」

化粧した顔をよく見るために、鏡に顔を近づけてまじまじと観察する。

白粉（おしろい）を少し乗せて口紅を塗った程度なのだけれど、素顔に慣れているため、かなりいつもと違う感じがする。

「こうして見ると私、お母さまによく似ているのね」

「さあ、お疲れさまでございました。あとはレース部分の飾り刺繍など、最終的な仕上げをさせていただきます。楽しみになさっていてくださいね」

「なんか、体力吸われた～……試し着の間、ただ立っていただけなのにどうして？」

着替えを済ませて、居間の安楽椅子（いす）に沈みこむ。

「お茶をお持ちしましたわ。一息入れてください」

アデーレが、ブランシュの顔を見てあらあら、とやわらかく相好を崩す。

「お疲れになりました？　正装って見た目と違って案外重いですものね」

「試し着とか仮縫いとかも慣れていないものだから、少し気疲れしたみたい」

「わかりますわ。わたくしも、仮縫いのあとはいつもくたびれます。でも今日のお姿を陛下がご覧になれなかったのは、きっと、あとですごく残念がられると思います」

「アーサーさま、どこへ行ったの？　視察？」

「いいえ、緊急の用事で朝方飛び出していかれましたの。国境警備隊から昨夜遅くに、小競り合いが勃発したとの知らせが届いて——そういうとき陛下はいつも真っ先に先発隊を率いて行かれますの」

「——知っていたら、お見送りしたのに」

「ご心配なく。こんなことは、この先いくらでもありますわ」

アデーレがさらりとそう言って、ブランシュのための香草茶をカップに注いだ。


数日後の夜半に、異変は起こった。

湯浴みも済ませたブランシュが、眠り支度を整えているときだった。

にわかに、王城の中がざわめいた。

「あら？　何か、城門の辺りが騒々しいような……？」

王妃の間は奥にあるので見えないが、時ならぬ騒ぎが途切れ途切れに聞こえてくる。

化粧台で髪を梳いていてもらったブランシュが気づくと、アデーレも気づいたようだった。

「本当ですわね」

「ちょっと様子を見に行って参ります」

若い女官たちがランタンを手に走り出て行くのを見て、ブランシュは確信した。

――何か起こったんだわ。

残されたブランシュはアデーレと一緒に、じっと耳を澄ませる。城門は遠いのだけれど、騒ぎは少しずつ、こちらのほうに近づいてきているような気がする。

アデーレが窓のほうに向かい、辺りを見回した。

夜の帳が降りた王城の様子に、今のところ異常はない。

「変な雰囲気ですわね。異変が起こったらすぐに鐘が鳴ることになっていますのに、鐘撞き塔に誰かが走っていく気配もありませんし……」

やがて様子を見に行った女官たちが、長い回廊を駆け戻ってきた。

「大変です！　国王陛下が帰還なさいました！」

息を切らせながら、報告する。

「国王陛下は重傷を負われ、現在、意識がない状態だそうでございます……！」

ようやくそのころになって、鐘が忙しく打ち鳴らされた。眠りに就こうとしていた城内に明かりが灯(とも)され、家臣たちが騒ぎのする方角へ飛び出していく。

伝令の兵士たちが、城内を走り回って告げる。

「国王陛下、ご帰還！　国王陛下、ご重傷！　軍人は各自詰め所に集合、上司の指示を仰げ！　特に役割のない者は自室にて待機するように！　無駄(むだ)に出歩くことは禁止する！　繰り返す、国王陛下、ご重傷！」

伝令が声を限りに叫(さけ)んでは通り過ぎていく。鐘の音が聞こえれば、跳ね橋の向こうの街中や湖畔の村も、異常事態に気づくだろう。

「アーサーさまが、怪我をしたの……？」

ふらりとよろめいたブランシュを、蒼白になったアデーレが支える。

「ブランシュ姫さま、どうか落ち着いてくださいませ。陛下がお怪我をなさることは、珍しくありませんのよ。でも、意識がないとは……」

さすがのアデーレも、大丈夫だとは言い切れないらしい。ブランシュの肩を包みこむ指先が、小さく震えていた。

女官のひとりが、苛立たしそうに吐き捨てる。

「パルミナのやつらですわ！　また軍隊の連中が、盗賊のふりをしてエレ河近郊へ嫌がらせの襲撃に来ましたのよ！　それで陛下がお怪我をなさったんですわ！」

「しっ」

アデーレが慌てて目配せしても、もう遅い。

女官ははっとして口を噤んだが、その台詞はブランシュの耳に突き刺さってしまっていた。

「エレ河……？」

女官が、慌てて言い募る。

「も、申し訳ありません、ブランシュ姫さま！　あの、黙っているつもりだったんですけれど……」

女官が、お仕着せの白いエプロンの裾を握り締めて項垂れる。ブランシュは、小さく首を振った。

「いいえ、いいの。アーサーさまがパルミナとの争いごとに行ったから、わざと私にそれを言わないでくれていたんでしょう？　あなたが謝る必要はないの」

ブランシュの立場は複雑だ。

ベルシュタットの王妃となる立場だけれど、婚礼の式典を挙げていないのでまだ正式な王妃とは認められない。

けれど、もうパルミナの王女という身分だけではない。

両国のしがらみがブランシュには生涯ついて回るのだ。

「ブランシュ姫さま。わたくしも、言おうかどうしようか迷っていたのですけれど……」

「アデーレも、謝らなくて大丈夫――それより、アーサーさまの容態が心配よ。お医者さまはついているかしら」

先ほど様子を見に走っていった女官のひとりが、大きく頷く。

「はい、それはもう。軍医がつきっきりで手当てをして、王城の主治医もすぐに駆けつけたそうですわ」

「そう……」

ブランシュはアーサーのことが気になって、居ても立ってもいられない。

「怪我……どこをお怪我したのかしら……」

落ち着きなく、居間の中をうろうろと歩き回る。

次の伝令が走ってくる足音が聞こえ、ブランシュたちは少しでもはっきり聞き取ろうと耳をそばだてる。

「国王陛下は、意識を取り戻された！　医師によれば、危機は脱したとのこと！　軍隊は引き続き待機！　ほかは警戒態勢を解いて良し！　禁足令はただいまを持って解除！　繰り返す――」

「まあ、良かったこと……！」

アデーレが胸を撫で下ろす。女官たちも、一様に顔色が明るんだ。

「わたくしたちも一安心ですわね、女官長」

「国王陛下はなにしろ、あの性格でしょう？　お怪我は本当に絶えないんです。わたくしたちは、そのたびにひやひや」

「ねえ、アデーレ」

緊張がほどけた様子のアデーレに、ブランシュは青ざめた表情のまま懇願した。

「ご様子を見に行きたいわ。アーサーさまはどこにいるの？」

もしかしたらアーサーは彼専用の寝室ではなく、手当ての設備が整った場所にいるかもしれない。

そう思ったのだが、アデーレは気の毒そうに嘆息した。

「――お気持ちは痛いほどわかりますけど、だめですわ。陛下のご容態はわかり次第すぐお知らせいたしますから、そろそろお休みになってくださいませ」

「眠れません。アーサーさまのお顔を見るまで、眠れそうにありません」

ブランシュが、珍しいくらいにきっぱりと拒否する。

アデーレたちが気まずそうに黙りこんだので、ブランシュは小さく続けた。

「わがままを言ってごめんなさい、アデーレ。私、自分が軟禁されていることくらい気づいているわ。外に出たのは、市(いち)に行ったときだけなんだもの。言われなくてもわかるわ」

だから城内の中央にある広い庭もベルシュ湖の景色も、ブランシュはこの部屋の窓から眺(なが)めるだけだった。

「私をこのお部屋に閉じこめておくように命じたのは、アーサーさまでしょう？」

「……気づいておいででしたの？」

「はい」

アデーレたちが知っているかはともかく、ブランシュは、一度はアーサーを殺そうとしたこともあるのだ。自由に出歩けると思うほうが不自然だ。

「絶対に逃げたりしないわ。約束する。何なら手を縛っても構わない。ちょっとだけでいいから、アーサーさまの様子を見たいの」

「ブランシュ姫さま、それは……」

「お願い」

両手を組み合わせて、誓いを立てる。

「私が無理やり部屋を飛び出したことにしてちょうだい。私が勝手にお部屋を出たの。アーサーさまには私が謝るから、お願い……！」


「――無理を言って、アデーレを困らせるものではない。だが、お前がそういうふうにわがままを言うのは……、なかなか、悪くない、な」

不意にアーサーの声が聞こえて、ブランシュはぱっと部屋の入り口を振り向いた。

アーサーが、ラズと兵士のふたりに両脇から支えられて、それでも自分の足でなんとか立って歩いている。

「アーサーさま！　歩いたりして、大丈夫なんですか⁉」

駆け寄ると、血の匂いと消毒液の匂いがぷんと漂った。

「大丈夫だから、ここへ来た……」

顔色がやや悪いものの、アーサーは意識はもうはっきりしているようだった。

軍服もシャツも、手当てをする際に脱いだのだろう。上半身裸なので、腹部に巻きつけた包帯がいやでも目に入る。

「まったくもって、大丈夫ではありません。……まったく、無茶ばかりなさるのですから」

憮然(ぶぜん)としたラズがアーサーの傷に障らないよう、できるだけ振動を与えないよう細心の注意を払って居間を横切る。

アデーレが察してブランシュの寝室に先回りした。

少し歩いただけで、アーサーが忌々(いまいま)しそうに呻(うめ)く。

「また痛んできたぞ。あのやぶ医者め」

「医師の名誉のためにも申し添えておきますが、医者が必死になって止めるのを聞かずここまで歩いてきたのは、陛下ご自身でおっしゃったことですからね」

アーサーを寝台に横たえたラズが、付き添いの兵士たちを下がらせた。

ブランシュが寝台の脇に立ち、アーサーの顔を覗(のぞ)きこむ。

「アーサーさま！」

そんなブランシュの様子を横目で見るラズの腕を、アデーレが両手で掴(つか)んだ。

「陛下は腹部を刺されたの？　傷は深いの？」

「左の脇腹をね。傷は深いですが、幸いなことに臓器を傷つけてはいないそうです。落馬して危うく殺されかけた兵士を助けるために飛び出していかれて、相手は仕留めたものの、陛下も重傷を負う羽目に」

「まあ、兵士を庇って……陛下らしいこと」

それだけで済めばまだ良かったのですがね、と、ラズのこめかみが痙攣する。

「怪我をなさったのですぐに止血したのですが、そのまま敵を深追いしようとなさるわ、騎馬で帰城しようとなさるわで――私のほうが卒倒しそうでしたよ」

アーサーが無茶をすると、この侍従武官の寿命が縮むのだ。

「挙げ句、止血した傷が再度開くまで、自分の馬に乗って帰ると言い張って」

周囲が必死になって止める中を王城まで駆け通し、城門に無事到着したところで気力が尽き、意識を失うことになった――というのが真相らしい。

「まあ、数分だけでしたけどね。周囲がちょっと大げさに騒ぎましたね。何しろ陛下は、手当てが済むや否やでブランシュ姫さまのもとへ行くと言って」

「どうしてそんな無茶なことをするんです！　大怪我をしたときは、安静にしてお医者さまの指示に従わなくてはだめです！」

ブランシュが叫んだ内容に、その場にいたアーサー以外のすべての人間がそうだそうだと同意した。

寝台に横たわって呼吸を整えていたアーサーが、むっとしたように言い返した。

「お前の顔を見たくなったんだから、仕方ないだろう」

アーサーの声がかすれている。

目も熱く潤(うる)んでいる。

怪我のせいで熱が上がっているのだろう。

額には汗が浮かび、苦痛に耐えながら、アーサーはブランシュの目を見て少し微笑(ほほえ)んだ。

「私が顔を見せないと、お前が泣くのではないかと思ってな」

アーサーが指先を伸ばして、ブランシュの頬に流れる涙を拭(ぬぐ)う。

「私はそう簡単に死にはしない。だから、そんな顔をして泣くな……お前のほうが今にも死にそうだ」

ブランシュは、投げ出されたままのアーサーの右腕を両手で抱き締めた。ぎゅっと抱き締めて、心を落ち着かせる。

——アーサーさまは大怪我をしているのだから、心配させてはだめ。まずは手当てをして、よく休んで……話は、それからだってできるわ。

怪我人が目の前にいるのだから、ブランシュのやることは決まっている。

「アデーレ、お湯の支度をお願い。お身体を拭いておきましょう。それとアーサーさまはこのあともっと熱が上がるでしょうから、氷水と手拭いも」

てきぱきと指示を出すブランシュに、並み居る一同が目を瞠る。

特にラズは、ブランシュのこんな毅然とした態度は初めて見たので、驚きを隠せないでいた。

「かしこまりました。お飲み物もお持ちいたしましょうね。包帯の替えも。ラズ、あなたも今日は疲れたでしょう」

ラズがこれを潮に自室に下がり、女官たちも数人を残して引き上げた。

アーサーのいつもより熱い額を塗れ手拭いで冷やしながら、ブランシュが尋ねる。病弱な弟の面倒を見てきたので、夜通しの看病には慣れている。

「……パルミナの軍との揉め事だったそうですね」

「ああ。お前には悪いが、蹴散らしてきた」

わざと悪ぶった言い方がおもしろくて、ブランシュはちょっとだけ笑うことができた。

「アーサーさまは戦いのとき、真っ先に敵に向かっていくそうですね。アデーレが前にもそう言っていました」

「――ふん。アデーレめ」

怪我人に障らないよう、寝室の灯りは最低限に絞ってある。

アーサーの右肩に傷跡があることに気づいて、ブランシュは目を凝らした。

「アーサーさま、ここにも傷があるの？」

「どれだ？　……ああ、それか」

アーサーが、なんでもないことのように答える。

「一年以上前だったかな。辺境の盗賊退治に行ったときについた傷だ」

「盗賊退治」

「それだけではない。こっちにもあるぞ」

右胸の斜め下、腕、腰、足。今までブランシュが知らなかっただけで、アーサーの身体には無数の傷痕があるらしい。

「戦闘のたびに毎回無傷というわけにはいかないからな。でも、怪我をしたわりにはどこにも後遺症はない。私は運が強いんだ」

「運が強い……そう言われればそんな気も……でも、本当にそうなのかなあ……？」

なんだか納得できなくて、首を傾げてしまう。

「傷跡が残るくらいの大怪我をしている段階で運が悪いような、でも、今まで無事なら相当運が良いのかも？」

「そんなに考えこむようなことか？　お前はおもしろいな」

アーサーが、ブランシュの頭の上に右手をぽんと置く。

厚みのある手は乾いて熱い。

「お前もそろそろ休め。私ならもう平気だから、見ていなくていい」

「それはいやです」

きっぱりと、首を振る。

――アーサーさまが命令しても、絶対にだめ。

「今晩はずっと、アーサーさまのそばにいます」

アーサーは回復力が人並み外れて高いらしく、怪我の治りも順調だ。

けれど医師が大事を取って養生するよう忠告した。そのため寝台から離れることができず、この数日を過ごしている。

婚礼の式典は日延べされずに行われることも発表され、城内も安堵の空気が広がる。

とはいえ、急ぎの用件は日夜問わずに伝令が持ってくる。

エレ河での後処理の件を話し合う必要があるし、その他にもラズが、ここぞとばかりに書類仕事を持ちこんできた。

「……ふぁ」

鏡台に座って髪を梳いていたブランシュはあくびをしかけて、慌てて手で口もとを押さえた。

このところブランシュは毎晩、アーサーの隣で並んで眠っている。

最初のうちはアーサーの容態が気になって夜明かしで看病していたのだけれど、それを知ったアーサーがブランシュを抱き寄せ、強引に寝かしつけるようになったのだ。

「暖かくてよく眠れるんだけど全然眠れていないみたいな、変な感じだわ」

義父は母より早くに亡くなってしまったし、兄弟はひとりきり。

今まで年上の男性にこんなふうに構われたことがないから嬉しくて、ブランシュは恥ずかしがる暇がない。

「ブランシュ姫さま、どちらですの？」

アデーレが呼んでいる声が聞こえたので、手に持っていた櫛を置き、返事をする。

「鏡台よ。髪がちょっと乱れたので、直していたの」

「まあ。そういうことはおっしゃってくださいな」

アデーレが化粧の間に入ってくる。

「ブランシュ姫さま、お疲れではありません？　ラズたちときたら、緊急の用件だと時間などお構いなしなんですもの。ゆっくりお休みになれませんでしょう？　それに陛下にずっとつきっきりで……」

「ありがとう。看病には慣れているから大丈夫。アーサーさまは？　さっきまで大臣たちと会議をすると聞いたから席を外していたんだけど、もう終わったかしら」

「ええ。先程退室されました。今は、一息入れておいでです」

「そう。そろそろ包帯を巻き直しておこうかしら」

アーサーが戻ってきてからというもの、ブランシュの周囲は一気に人が増えた。

何しろこの国の王がブランシュの寝室に逗留しているのだ。

怪我を診る医師、世話をする使用人たち、側近たち、家臣たちに軍人たち。

ひっきりなしに人が出入りするので、もともと広い王妃の間でもさすがに手狭になってきた。

なので付近の空き部屋をいくつか解放して、控えの間として使用している。

しょっちゅう顔を合わせるので、ラズ以外の重臣たちともすっかり顔馴染みになってしまった。

「アーサーさま、包帯を……まあ」

寝室に足を踏み入れたブランシュは、ここ数日で見慣れた光景に目を細めた。

羽根枕を重ねて背もたれにしたアーサーが上半身を起こしたまま、うとうとと眠っている。手には書類を持ち、肩に身体を冷やさないよう羽織り物をかけたまま。

顔色もすっかり元通りになり、穏やかに深い呼吸を繰り返しているのを見ると、胸がきゅんと締めつけられる。

そっと手を伸ばして額にあてがうと、熱もすっかり引いていた。

「……良かった。目を離すとすぐに無理をしようとするんだもの」

秀でた額に降りかかる黒髪が邪魔そうだったので、指で軽く払う。アーサーの顔はいつも、眉間の皺がくっきりと刻まれている。

「……眠っていても、眉間の皺って寄せられたままなのね。どうにかして伸びないものかしら」

悪戯心が疼く。

この皺が、どうにもいつも、アーサーが機嫌が悪そうに見える原因だ、とブランシュは思う。

ブランシュは慎重に、寝台に腰を下ろし直した。

「そっとそっと……起こさないように」

指を二本伸ばして、険しい眉間をそろりと撫でる。

「こうして伸ばしていたら、皺が消えないかな……？」

くすぐったいのか、アーサーが少しだけ身じろぎした。眉間の皺は、ますますくっきりと刻まれてしまう。

「ああ、せっかく伸ばしたのに」

不意にアーサーの手が伸びてきて、悪戯をする手を捕らえた。

「アーサーさま？　ごめんなさい、起こしてしまいましたか？」

しばらく待ってみても、返事はない。

まだ眠っているようだ。

先日のあのひどい状態を見ているだけに、今の気持ちよさそうな寝息に心底ほっとする。

——アーサーさまがお怪我をなさったと聞いたときに、はっきりわかったと思う。私はアーサーさまのことがいつのまにか、こんなにも好きになってしまっていたんだわ。

「え。ちょっと待って」

ブランシュは自分で自分の考えが信じられなくて、ぷるぷる首を振る。

「――いいえ。まさか」

――私は、アーサーさまを、好き……？

「ない、ない。絶対にそれはない！」

ありえない。

ブランシュがここにいるのは、政略結婚のためなのだ。恋愛感情はない。

第一、アーサーのことを好きになる理由がわからない。

そうよ、と頬を膨らませる。

「怖いし愛想がないしひねくれた人だし、意地悪だし。いくらなんでも、あんな薬を使うなんてひどいわ。あの恨みは絶対に忘れないいんだから」

文句ならたくさん出てくる。

勢いに任せて、ブランシュは思いつく限りの事柄を並べ立てた。

「私のことをこのお部屋に軟禁するし、無茶ばかりするし。それから、ええと……それから……」

「それから何だ。続きを言え」

いきなり覚醒したアーサーが肘を枕に、ブランシュを見上げていた。

「わ！　アーサーさま、いつから聞いていました⁉　ていうか、起きてたんですか⁉」

「さて、どこからだったかな」

低い笑い声を紡ぎながら、アーサーが腕をブランシュの背中に回す。怪我人とは到底思えない強い力だ。

寝台の上で、ブランシュはアーサーの腕の中にすっぽりと囲いこまれてしまった。

「私は怖くて愛想がない男か。ついでに、ひねくれて意地が悪い、と。そうか、お前の目にはそう映っているのだな」

「最初から、聞いていらしたんですね……⁉」

ブランシュが、真っ赤になった頬を両手で押さえる。

「人が寝ていると思って、好き勝手に並べ立ててくれたものだ。お前の本心がよくわかったぞ。お前、結構言うようになったな」

密着した寝台の上で、しっかりとした筋肉のついた胸が楽しげに揺れている。そんなことをしても痛まない程度に傷も良くなってきたようだ。

ブランシュは、恐る恐るアーサーの顔を見上げる。

──てっきり、怒られると思ったのに。

「──どうしてアーサーさま、ご機嫌なお顔をなさっているのですか？」

ブランシュは、悪口を言ったのだ。

アーサーの漆黒の双眸（そうぼう）が、機嫌良く優しく眇（すが）められた。

「わからないか？」

「はい」

「そのうちわかる。そら、続きを言ってみろ。まだあるだろう？」

「え……あの……？」

戸惑うブランシュの金髪を指先に巻きつけて、アーサーが囁（ささや）いた。

「それにしても悪戯好きな子猫には、仕置きをしてやらないといけないな」

「アーサーさまだめ、まだ、動いちゃだめです。なるべくじっとしていないと、せっかく塞（ふさ）がり始めた傷口が」

仰向けに押し倒されたブランシュが、必死に両手を突っ張ってアーサーの身体を押しのけようとする。

鍛え上げられた肉体はささやかな抵抗などものともせず、ブランシュの結い直したばかりの髪をほどき、首筋に噛みつくような口づけを落とす。

「そうだ。暴れると、私の腹の傷が開くぞ。おとなしくしていろ」

「脅し方が卑怯です……っ」

「卑怯で結構。これは仕置きだからな」

「だからって、こんな！　そうだ、アデーレが来るかもしれません！」

「来ない」

「どうして⁉」

「気づいていなかったのか？　さっきちらっと顔を見せたが、空気を読んで下がっていったぞ。家臣たちもしばらくは気を利かせることだろう」

「そんな空気、読まなくていいのに～！」

アーサーの傷に響くかもしれないと思うと、ブランシュは全力で抵抗することができない。

アーサーがブランシュのうなじに鼻先を埋め、大きく息を吸いこんだ。

「ひゃっ」

とても動物的なしぐさだ。

こんなふうにアーサーとじゃれ合うのは初めてで、ブランシュには逃げ道がまったくなかった。

それに、ブランシュはこのところ変だ。

アーサーの腕の中にいるとどきどきするし、とても嬉しい。根が寂しがりなので、こうして構われるのは嫌いではなかった。

とはいえ、この体勢は恥ずかしすぎる。

「うん、この香りだ。しばらくの間ずっと、お前の寝台で眠っていたからな――覚えた。香水でも使っているのか？」

「そんなもの使ってませんし、もう、離してください。あちこち触らないで！」

傷に障らないよう気を配りながらもブランシュが身をよじって叫ぶと、アーサーの動きが一瞬とまった。

「ほう」

――しまった……！

ブランシュは、失言したことに気づいて息を呑んだ。こういうことを言うとアーサーは……。

——かえって、意地悪になるのよ……どうしてなのかわからないけど！

失言を取り消したかったが、時すでに遅し。

アーサーは指先の動きだけで、これ見よがしにブランシュのドレスの胸の結び目をほどいた。

「や……！」

「私に触れられたくないと言うのか」

「え、あの」

「お前がそう言うのなら仕方ない。願いを聞き入れてやろう。私は寛大な男だからな」


自分で触れてみせろ。

アーサーにそう命令されたとき、ブランシュは一体何を言われたのかわからなかった。

すでに、アーサーの手で着ているものをはぎ取られたも同然の姿だ。ドレスを脱がされてしまったので、白いリネンの肌着姿で途方に暮れている。

昼日中の明るい部屋の中で、下着一枚の姿を晒(さら)すのはひどく恥ずかしい。寝台にぺたんと座りこんで、両腕で、剝き出しの肩をなんとかして隠そうと試みる。

「早くしろ。でないと、私の気が変わるぞ」

「え、でも……何をしろとおっしゃっているのか、わかりません。それよりも、着るものを返してください……！」

ひたすら身体を丸めて隠そうとするブランシュを、アーサーは目もとを細めてじっと見つめた。

ブランシュの寝台には背の高い天蓋がついている。

上掛けを取り払い、邪魔なものをすべてなくした広い寝台の上。

ブランシュの華奢な身体に、アーサーが背後から腕を回す。

太陽の陽射しの中に、ブランシュの白い肌が照らされていた。

ブランシュの耳に吹きこむように囁かれるアーサーの声音は、息苦しくなるくらいに艶めいて脳裏に響く。

「ここに、ひとりで触れたことがないのか」

「……っ」

下着の上から秘所を指であやすようにゆっくりと撫でられ、ブランシュはびくっと身体を震わせた。

「ひとりで触れるって、え……!?　まさか、そんなところを……!?」

触れ方がわからない。それにそれは、ひどくいやらしいことなのではないか。

——人前で……アーサーさまの見ている前で、そんなことをしなくてはいけないの!?

「私が教えてやろう。ここを、こうやって触るんだ」

いやがって逃げようとするブランシュの手を取り、強引に秘所に導かれる。

アーサーの腕の中で、ブランシュは聞き分けの悪い子どものように暴れて抵抗した。

「いや、いやっ!　そんなところ、触るところじゃない……!」

「ただ触れるだけではだめだ。こんなふうに擦ったりして入り口を刺激してみろ」

アーサーがブランシュの手を上から押さえ、自分の指のように蠢かせる。

足の付け根をみだらに、押しつけるようにして刺激させられる。

ブランシュはアーサーの腕の中で、真っ赤になって叫んだ。

「や、や……!」

思い出した。

——あの変な薬を飲まされたときに、身体がこんなふうになったんだったわ……!

生まれて初めて狂乱した夜の感覚がまざまざと蘇ってきて、ブランシュの肌がざっと粟立った。

快感ではなく、恐怖のために。

「だめ、そこはだめ！　いや！　もうやだあ……！」

泣き叫んで抗うブランシュの身体を、温かい腕が優しく抱き締めた。

「――ブランシュ。怖がることはない。これはあのときとは違う。わかるか？」

「何が、違うの……っ？」

アーサーがふっと苦笑いして、ブランシュと向かい合うように抱え直した。

ブランシュがぽろぽろ涙を零しているのを見て一瞬、痛ましそうに眉間に皺を寄せた。

少し屈むようにしてブランシュと視線を合わせて、ゆっくりと言い含める。

「あれは尋問だった。今は違う。私はお前を可愛がりたいだけだ」

「可愛がる……？」

「そうだ。そもそもお前は私の妃だ。そのために王城へ来たんだろう？　つまり、このベルシュタットに足を踏み入れたときからお前は私のものだ」

なんだか、とんでもないことを言われているような気がする。

でも、嬉しくて。

ブランシュの頬がほんのりと薄紅色に染まる。

「私は、アーサーさまのもの？」

「そうだ。だから私はお前のすべてに触れたいし、見たい。構わないだろう。お前は私のものなのだから」

アーサーのものだとはっきり言いきられるのは、率直なところ、とても気分が良い。

ブランシュの胸の中を、あたたかなものが満たしていく。

「私が、アーサーさまのものになったら」

ブランシュが自分からアーサーの胸に顔を寄せた。

子猫のようにあまえるしぐさだ。

「私はこの先、ずっと、孤独にはならない……？」

ひとりぼっちで冷たい場所に放っておかれることが、何より怖い。

「寂しいのは嫌いか？」

「大嫌い」

わかった、とアーサーが頷いた。

「王城を留守にすることは多いかもしれんが……この先、お前を寂しがらせないうちに帰ってくると約束しよう。ただ、数日くらいは我慢しろ」

「ん……っ」

抱き締められ、アーサーの引き締まった肌の感覚を頬で知る。こうして触れ合っていれば、怖いものなど何もないような気がしてくる。

「ブランシュ。今から私がすることは、恐ろしいことではない。私を信じて、身を委ねろ。いいな？」

鼻先を突き合わせて言われ、ブランシュはすなおに頷いた。

「――何をしてもいいです。アーサーさまは意地悪だけど、極悪人じゃないって知ってるから」

「こら。一言余計だ」

お互いに目と目を合わせて軽く吹き出したあと、熱烈な口づけが降ってくる。頭の中を溶かされてしまいそうな熱に、ブランシュはあまく呻いた。

「頭が、くらくらする……」

アーサーの瞳孔がわずかに開き、濃厚な戯れが再開される。

大きな胸に背中をもたれさせて座り、足を大きく開かされ、閉じられないように固定されてしまった。

「最初は少し痛いかもしれないが、こうして触っている間に濡れていく。ほら、やってみろ。ここだ」

アーサーがブランシュの手を取って、足の付け根の奥、ブランシュがもっとも秘密にしておきたい場所へと導いていく。

蜜壺の硬い怯えをほぐすようにアーサーが、ブランシュの指を操る。

「やっぱりそれ、やだ……っ」

「痛いか？」

「痛くはない、けど……でも」

刺激され続ければ、秘肉は潤んでいくものだ。

「やだ、指がなんかぬるっとする……っ」

「そのまま続けろ」

「う～……っ」

下腹部から太もも、爪先にかけて、あまい痺れが走っていく。

桜色の爪先がびくびく震え始め、聞くに堪えない水音が、くちゅくちゅと響いて恥ずかしい。

指によって生み出される快楽は、強烈だった。ブランシュがどんなにこらえようとしてもこらえられない。

あまい痺れが身体を蕩かせ、悦楽が全身を絶え間なく貫いていく。

頭の芯まで痺れて、ブランシュの脳裏は何度も真っ白になり、意識が遠のきかけた。

あまりに強い悪戯に、吐息を乱しながら降参の白旗を掲げる。

「もうやめる、アーサーさま、もう無理！」

「自分では達せそうにないか……仕方ない、選ばせてやる。お前の指で達するのと私の指と、どちらかを選べ」

額に口づけを落とされ、白い喉を仰け反らせて、ブランシュは訴えた。

「アーサーさまがいい……！」

片手で顎を摑まれ、口づけをされる。同時に蜜壺に情け容赦なく侵入した指先が、敏感な秘肉を擦り上げる。

自分の指では到底得られなかった刺激に、ブランシュはアーサーと舌を触れ合わせたまま、声にならない悲鳴を上げた。

「んんん……っ！　っふ……！」

「お前のように怖々触れているだけでは、いつまで経っても終わらない」

舌先から透明な糸が引き、ブランシュは濃厚な接吻の余韻に浸ったまま、息を弾ませた。

びくん、と脚が跳ね上がる。

「慣れてきたら、指をこういうふうに増やすんだ」

ブランシュの細い腰が躍り上がり、アーサーの長い腕で押さえこまれる。

全身の血が一滴残らず沸騰してしまいそうで怖いのに、とてもあまやかでうっとりするくらい幸せで、抗えない。

「あ、あ……っ」

押し寄せる快楽の波に、ブランシュが次第に慣れてきたのを見計らい、アーサーが唐突に体勢を変えた。

「アーサーさま?」

ブランシュは仰向けに寝かされ、無防備な太ももに手をかけられる。

「……?」

ブランシュがきょとんとしていると、アーサーがおもむろに身を屈め——あろうことか、肉厚の舌で悪戯を始めた。

さすがに黙って受け入れることはできない。

「アーサーさま、だめ!」

「暴れるな」

指とはまた違う、凶悪な刺激だった。

快楽の質が違う。

花芯を舐(な)め上げられ、ブランシュは生まれて初めて味わう官能に翻弄(ほんろう)される。

爪先をぎゅっと丸めたり伸ばしたりして快楽に耐えようとしてみても、まるっきり無駄だった。

アーサーの舌がわざとらしくゆっくり離れ、そして触れる。

花芯をきつく吸い上げられたかと思うと蜜壺の奥深くにまで舌をこじ入れられ、もうどうにも耐えられない。

「ああ、や、だめそれ、あっ！」

何かが身体の中から溢れ出す。迸る。

「あああああ……っ！」

全身が、快楽に震えてどうしようもなかった。

はあはあと胸を喘がせ、泣きじゃくるような呼吸を繰り返す。

細いふくらはぎが痙攣し、下肢に蜜がしたたり落ちて濡れる。

「……う、っふ、ぅ……」

絶頂に達したブランシュが、放心して眼差しを宙にさまよわせる。アーサーが身を起こし、真上からその顔を覗きこんだ。

「声も出ないほど良かったか？」

あまだるく痺れる腕を緩慢に伸ばして、ブランシュがアーサーの腹部へ手をあてがう。

「どうした」

「傷、は？　あんなふうに動いたりして、傷口が開いてない……？」

「こんなときに、そんな心配をしていたのか？」

アーサーが笑って横たわり、胸の中にブランシュを抱え直した。

汗が急速に冷えていく中、温かい腕に包まれるのは心地よかったけれど、それだけで安心するわけにはいかない。

思い通りにならない身体を懸命に叱咤して、アーサーの腹に巻かれた包帯を確認する。

血は滲んでいないし、特に痛む様子もない。

――良かっ、た……。

行為には続きがあることを、ブランシュはうろ覚えの知識で知っている。

たぶん、アーサーはまだ満足していないはずだ。ブランシュが長い時間をかけて何度も蕩けさせられただけなのだから。

――でも、もう無理。

くらくらするような強い睡魔に襲われて、目を開けていられない。墜落するように眠りに落ちたブランシュに、アーサーが軽く瞠目する。

「おい、これからというときに寝るのか？」

肩を軽く揺さぶってみても、返ってくるのは静かな寝息ばかり。

大きくため息をつくアーサーの胸に埋もれて眠るブランシュは、幸せそうな微笑みを浮かべていた。

【4】

ふわふわのパンを口に運ぶ。

陶器の器に入れて蒸したパンはとてもやわらかくて、匙(さじ)ですくわなくては食べられない。卵とミルクをたっぷり使った蒸しパンは、最近ブランシュが一番気に入っているものだ。

「少しは食べられるようになってきたな。良い傾向だ」

向かい合って座った食卓で、アーサーが満足そうに笑みを浮かべた。

給仕をするアデーレが、朝日を浴びてにこにこ頷(うなず)く。

ベルシュタットは今朝も良い天気だ。ベルシュ湖がきらきら輝き、爽(さわ)やかな風が吹きこむ。

「そうなんですのよ。ブランシュ姫さまのお食事の量が増えて、厨房の職人たちも喜んでおりますの」

アーサーとアデーレをはじめとする周囲の人間たちは、ブランシュを少しでも太らせようと画策しているようだ。

ブランシュははにかみながら、パンのやわらかさを楽しむ。

ミルクが好きだと知ってからは、新鮮なミルクが毎日のように饗（きょう）される。冷たい飲み物もいいけれど、温かくて甘い飲み物はもっと好き。

ぽそぽそしたものよりはしっとりしたものが好きで、苦いものは苦手。からいものは結構いける口で、甘いものは一度にたくさんは食べられないけれど大好き。

ブランシュの食の好みが、アデーレには大体わかってきていた。

「湖でとれる魚も、苦いところ以外は大丈夫でした。ね、アデーレ」

「苦玉ですわね。あれは、ベルシュタットの人間でも苦手な人が結構いますわ」

傷口が大体塞（ふさ）がって日常生活に支障がなくなってからも、アーサーは引き続きブランシュの部屋に居座り続けていた。

とはいえ日中は執務室で仕事をし、昼も夜もゆっくり食事をしている時間はないので、一緒に食事を摂れるのは朝だけだ。

そして夜遅くになってから、ブランシュの部屋に戻ってくる。

夜ブランシュがひとりで眠っていても、気がつくと、隣にアーサーがいることも珍しくなかった。

「まだ眠そうだな」

アーサーが笑う。

──寝不足なのは、アーサーさまのせいなのに。

ブランシュは文句を言いたかったが、アデーレや他の女官たちもいる手前、恥ずかしくて何も言えない。

療養していた間、後回しにしていた仕事に追われているそうで、今、アーサーはとても忙しい。

それなのに、帰りがどんなに遅くなってもブランシュのもとへやってきて、挨拶代わりに濃厚な口づけをして眠るのは、きっと──ブランシュを寂しがらせないためだ。

──だからといって、人が眠っている間に寝間着を脱がせるのは、どうかと思うけど……！

ブランシュがパンをひとつ食べ終わるまでに、アーサーは三つ平らげていた。それだけでは足りずに、大きな白身魚の焼き物や野菜料理も胃に収めてしまう。

「なんだ、パンひとつで終わりか？」

「ブランシュ姫さまは、起き抜けはそれほど食欲が湧かないみたいなんです。お昼になるともうちょっと食が進みます。お昼のスープは、この間ブランシュ姫さまが美味しいとおっしゃった黄豆のスープだそうですよ」

和やかな朝食が済んだところへ、今朝もきっちりと軍服を身に着けたラズが入室してきた。

「陛下、ブランシュ姫さま。朝早くから失礼いたします。姉上も、失礼」

「ラズ。早いな」

「恐れ入ります。パルミナからの使者が参りましたので、一刻も早くご報告を、と思いまして」

ブランシュが、ぱっと顔を強張らせる。

アーサーはそれを横目に見つつ、報告の続きを促す。

「来る婚礼の式典に、あらかじめ予定していた代理の者ではなく、クロムート王じきじきに参列なさりたいとの伝言です。ベルシュタット・タタンにある迎賓館をその前後貸し切りたい、と。いかがいたしましょう。迎賓館はすでに賓客に貸し出すつもりで準備をさせていたのですが」

ベルシュタット・タタンには、もともと王家の住まいとして使っていた古城がある。見晴らしが良く警備も便利な湖の城に居を移してからは、古城は迎賓館として利用されているのだ。

「花嫁の父王が出席したいというのを、断るわけにもいかないだろう。娘の晴れ姿を見つつ、両国の友好関係を強調する良い機会というわけだ」

内容とは裏腹に、アーサーの口調は冷ややかだった。無理もない。

――お父さまが、ベルシュタットへいらっしゃる……⁉

真っ青になったブランシュに、アデーレが戸惑う。

「まあ、ブランシュ姫さま、どうなさいましたの⁉　お顔が真っ青！」

「……いえ、ちょっと、くらっとしただけ」

「大変！　貧血でしょうか。窓を開けているから、お身体が冷えてしまったのかしら。窓を閉めましょうね」

女官たちがぱっと散り、窓を閉め、温かい羽織りものを持ってくる。

「ミルクのおかわりはいかがですか？　それとも、お砂糖を入れた香草茶にします？」

「ありがとう。今は何もいらないわ。もうお腹いっぱい」

ブランシュの指先が、細かく震えている。それを目ざとく見て取ったラズが、眼差しだけで、『場所を移すべきか』と尋ねてくる。

アーサーはかすかに眉を動かすだけで、『このまま続けろ』と促す。

「――パルミナ王の一行は、身辺警備の者だけでも数百人に上るとのことで、その他侍従たちや料理人などまで同行させると言って来ていますから、総勢は五百くらいになるでしょうか」

「五百か」

「祝いの席ですから、一触即発にはならないことを期待します」

「パルミナの出方次第だろうな」

「では、許可を?」

アーサーが立ち上がる。

ブランシュにちらりと視線を走らせ、尊大に頷いてみせた。

「要望通りにしてやるがいい。花嫁の父を無下(むげ)には扱えない」


アーサーが、ラズを従えて執務室へ向かう。

それを見送ったあと、ブランシュは寝台で少し休むようにアデーレに勧められて、すなおに従った。

「ブランシュ姫さま、本当におそばについていなくてよろしいのですか?」

「ええ。少し横になれば良くなるわ、きっと」

女官たちを控えの間に下がらせて、何気なく寝台に目を向け——次の瞬間、ひっと喉を引き攣らせた。

「——まさか」

小さな手紙が、軽く折りたたんで敷布の中央に置いてあった。

パルミナからの密書を見るのは初めてだけれど、一目瞭然だ。

「今まで、ここにアーサーさまがいたのに……アデーレたちも同じ部屋にいるのに」

ブランシュの名前を書いてあるわけではない。

クロムートの名を記してあるわけでもない。

ただの白い、なんの変哲もない紙だ。

けれどそれは紛れもなくブランシュ宛ての密書であり、クロムートからの指示である。

文面に目を通し、ブランシュの表情は凍りついた。

『ファリーゼは我が手に』

それだけ記してあった。

それだけ記してあれば、充分だった。

ブランシュが誘拐されて以来、ずっと連絡が取れなかった、たったひとりの弟。

病弱だから、ブランシュがいなくなったあとどうしているかと心配で、何度も連絡を取りたいと願い出た。

その望みは黙殺されて続けて、それでもアマリーアの村人たちがいるから大丈夫だと、必死に思いこもうとしていたのに。

「お父さまは、ファリーゼの命まで駒にしようというの……!?」

そのために今、ブランシュの恐怖心を煽（あお）るように、わざと密書が届けられたのだ。

ベルシュタットの堅固な王城にも、すでに黒騎士団の魔の手が及んでいるのだとわからせるために。

ブランシュを、ひどい絶望が襲う。

「ファリーゼ……！」

目の前が真っ暗になる。

「…………ファリーゼだけは、助けなくちゃ」

たったひとりの弟。

生まれたときからずっとそばにいた、大切な弟だ。

身体が弱くて伏していることが多いけれどとても頭が良くて、気分の良いときは大抵寝台の上で本を読んでいる。

あまりに頭脳明晰なので、アマリーアの村の神父がわざわざ出向いて勉強を教えに来てくれるくらいだった。

『身体さえ丈夫なら、特待生としてパルミナ・ルルドの大学に進んだり、貴族の養子にもらわれたりする道もあっただろうに』というのが、神父の口癖だった。

それを聞くたびに、存命だった義父が悲しそうに微笑(ほほえ)んでいたことを思い出す。

義父も優しい人だった。

クロムートに捨てられて里に戻ったジゼルを受け止め支えてくれたものの、出稼ぎ先で事故に遭い、あっけなく逝(い)ってしまった。

ジゼルもその後、流行病(はやりやまい)で他界し、残されたのはブランシュとファリーゼの姉弟だけだ。

五つ年下の異父弟と、ふたりで身を寄せ合って生きてきた。

ブランシュにとってファリーゼは、生まれたときからの宝物だ。

「今行くから……絶対に、助け出してあげるから」

待っていて。

ふらふらと立ち上がり、歩き出す。

急がないといけない。

「ファリーゼは、環境が変わるとすぐに熱が出てしまうんだもの」

続き部屋を抜けて扉を開けたところで、見張り番の兵士たちが制止する。

「これより先は禁じられております。どうぞお部屋にお戻りください」

「――通してください。緊急の用事があるんです」

「なりません。国王陛下のご命令です」

二人組の兵士たちは大きな槍(やり)を掲げて持っているが、ブランシュを傷つける意図はない。

彼らはブランシュを守るためにここにいる。

「退いて」

「いけません！」

「退いて！」

引き留めようとする兵士たちの腕をしゃにむに振り払い、回廊に踏み出す。

騒ぎを聞きつけて、控えの間からアデーレたちが顔を覗(のぞ)かせた。

ブランシュが部屋から出ていることに気づき、唖然とする。

「ブランシュ姫さま、どうなさいましたの⁉」

取り囲まれ、腕を掴まれ、ブランシュは癇癪を起こして叫んだ。

「離して！　私は今すぐ、パルミナへ行かないといけないの！」

張り上げた声が、回廊に響いた。

アデーレたちが息を呑む。

ブランシュがいきなりこうなった理由が、彼女たちにはわからない。

邪魔しないでほしい。

ファリーゼの命がかかっているのだから。

――あの子は、巻きこんではいけないの。あの子だけは幸せになってもらわないと……

お母さまが亡くなる前に、言ったんだから。

『ファリーゼをよろしくね。ふたりで力を合わせて、幸せになってね……………』

クロムートがファリーゼにまで手を出すとは思わなかった。

ジゼルの息子とはいえ、クロムートの血は一滴も引いていないのだから、大丈夫だと思っていた。

「パルミナへ帰る。急いで帰らないと……！」

「――一体何の騒ぎだ」

冷ややかな声が回廊に響く。

執務の合間に時間ができたので、ちょうどブランシュの部屋へ戻ってきたところだったらしい。

そして先程の叫び声が、アーサーの耳にもしっかりと届いてしまっていたようだ。

アーサーは手荒なしぐさでブランシュの二の腕を掴んだ。引きずるようにして部屋へ連れ戻す。

「離して、離して！」

アーサーの双眸(そうぼう)が、怒りに爛々(らんらん)と燃える。

「アデーレ、今後は一瞬たりともブランシュから目を離すな」

怒りは、見張りの兵士たちにも向けられる。

「お前たちもただ見ていないで、ブランシュが部屋から出そうになったら力尽くでも連れ戻せ！」

叩きつけるように扉を閉められ、回廊に残されたアデーレたちは、心配そうに顔を見合わせることしかできなかった。

アーサーの命令で、ブランシュの部屋の周囲にはさらに警備の兵士の数が増やされた。

部屋の中にも常に女官たちが控え、ブランシュは寝台に伏して泣き続ける。

婚礼の式典は目前に迫っているというのに、アーサーはそれきり、一度もブランシュのところへ姿を見せようとしなかった。

【5】

そして訪れた婚礼の日当日。

ブランシュの気持ちとは裏腹に、素晴（すば）らしいくらい青い空が悠々と広がる。

ベルシュタットでは早朝から、慶事を示す鐘が国中で華やかに打ち鳴らされた。湖の上にそびえたつ王城も、今日は一際誇（ひときわほこ）らしげな佇（たたず）まいだ。

数日前から湖にたくさんの小舟が出て、水面の葉屑や目障りになる葦（あし）などをすべて刈り取った。祝祭の日に、真っ青な湖面がより美しく見えるようにという心遣いだ。

王城や城壁のあちこちには花網が張り巡らされ、宴に饗（きょう）される酒や、とびきりのご馳走（ちそう）の良い匂いが漂う。

一番高い塔にある鐘も念入りに磨き上げられ、荘厳な音色を奏でた。

貴族は皆王城に参集し、祝賀行事に参列する。特に裕福な大貴族たちは豪華な船を特別に仕立て、湖を渡って続々と王城入りしてくる。

贅(ぜい)を尽くした船行列は滅多に見られない珍しいものなので、ベルシュタット・タタンに暮らす人たちが見物するのを楽しみにしていた。

船は楽士たちを乗せて音楽を演奏させたり、花びらを撒(ま)き散らしたりと趣向を凝らして順番に水門を潜(くぐ)っていく。

ベルシュタット王家の血筋に連なる者だけが利用することのできる王家の別邸や格式高い迎賓館は、ベルシュタット・タタンの中枢にある。タタンの宿屋も今日はどこも満員御礼、大忙しだ。

錚々(そうそう)たる列席者たちが三々五々王城に集結したのち、パルミナから行列を組んで行進してきたクロムート王の輿(こし)が最後に跳ね橋を渡る。

供の者たちは全員晴れの衣装に身を包み、きらびやかな輿を中心に、香を焚(た)き、踊り子を舞わせ、騎馬隊の馬は全頭白馬で統一されていた。

豪勢な行列に、見物客たちは目を瞠(みは)る。

パルミナからベルシュタット・タタンまではどんなに急いでも数日かかる。

その間、贅を凝らした行進を続けてきたことで、クロムートは自国の富を存分に誇示する。

「パルミナ国王クロムート陛下、ただいま王城入りなさいました。すでに儀式の間へ向かわれたそうでございます」

女官が、パルミナからの知らせを告げる。ブランシュはそれを、なんとも重苦しい気分で聞いていた。

王妃の間は、夜明け前からてんやわんやの大騒ぎだ。

ブランシュはまだ明けきらないうちから寝台を離れ、ベルシュタット王家のしきたりに従い、まず運びこまれた湖の水を使って身を清めた。

そのあと、身支度に取りかかる。

花嫁衣裳は着付けが複雑なので、女官たちが数人つきっきりだ。豪勢な朝食も用意されていたが、ブランシュはほんの少し口をつけただけだった。

繊細なレースをほつれさせたりしないよう細心の注意を払いながら身にまとい、髪を梳いてまとめる。

毎日軟膏（なんこう）を塗り続けた手は白くなめらかになっていて、小さな手袋がよく似合った。

化粧をされている間、ブランシュは鏡台の前の椅子（いす）に腰かけ、青白い顔をしてじっと沈みこんでいた。

あれから、アーサーは一度も顔を出してくれない。ファリーゼがどうなったのかもわからない。

アーサーがどうしていきなりあんなに怒ったのかも何もかもわからないまま、婚礼の当日がやってきてしまった。

心構えは、全然できていない。

女官が遠慮がちに尋ねる。

「あのう、ブランシュ姫さま？」

「え？　あ、ごめんなさい。なあに？」

「……パルミナの使者には、なんとお返事を申し上げましょうか？」

「お父さまがお着きになったんだったわね。わざわざのお運び感謝いたします、と伝えて」

「かしこまりました」

「さあブランシュ姫さま、出来上がりましたわ！」

朝から働き通しだったアデーレが、嬉しそうに声を張り上げた。

「とってもよくお似合いですわ。姿見をごらんになって見てください」

手を引かれて鏡台から立ち上がり、姿見の前に立つ。

全身が映る大きな鏡には、綺麗なドレスに身を包んだ、悲しそうな顔の花嫁の姿が映っている。

「——ブランシュ姫さま。今日は、おめでたい日ですわ」

「そうね。ベルシュタットの皆がお祝いしてくれるんだもの、私も笑わなくてはね」

王城中の鐘が、華やかに打ち鳴らされた。

婚礼の式が始まる合図だ。

ブランシュは大きく肩を上下させて、覚悟を決めた。

「行きましょう。皆を待たせるわけにはいかないわ」


婚礼式は厳粛な空気の中で執り行われた。

華やいだ雰囲気が王城中に溢れ、祝賀行事が城の内外でさまざまに開かれる。タタンでも婚礼を祝して祭りが開かれ、広場に楽しそうな人々が集まっている間。

王城の儀式の間で神父の立ち会いのもと式を済ませた若夫婦が、家臣たちの祝福を受けながら、列柱廊を練り歩いた。儀式の間に立ち入ることができなかった使用人たちへの顔見せだ。

場所を祝宴の間に移して公式な午餐会で隣の席についても、アーサーは、ブランシュのほうを一度も見ようとしなかった。表向きは笑みを浮かべて花婿らしく振る舞っていても、目の奥が全然笑っていない。

ブランシュには、それが痛いくらいよくわかった。

国王の正装である白絹の礼装用軍服を着用したアーサーは見とれるくらいなのに、ブランシュに向ける横顔はひどく険しい。

せっかく着飾った花嫁姿についても、何も言ってくれなかった。

――アーサーさまはあれから何も言ってくれない。私のことなんて嫌いになってしまったんだわ。私が、言いつけを破ったから。

あのときは一刻も早くファリーゼを探しに行かなければと、必死だったのだ。でもそんなことは、アーサーには関係ない。

ブランシュは、しょんぼりと肩を落とす。

大きな食卓に並ぶご馳走（ちそう）にも、全然手をつける気になれなかった。胃の腑（ふ）が重くて、食べ物を受け付けない。

「……きちんと食べろ。このあと謁見を立て続けに受けたあと、夕方からは舞踏会だ。休む暇などないぞ」

腹立たしそうな声で耳打ちされて、びっくりしたあまりフォークを取り落としかける。

アーサーの声が、今まで聞いたこともないくらい冷ややかだったからだ。

――アーサーさまが、怒ってる……。

介添え役を務めるアデーレが、ブランシュの背後から優しく取りなす。

「ブランシュ姫さまは緊張なさっておいでなのですわ。無理もありません。あとで、お腹に優しい軽食をお持ちいたしますから大丈夫です」

それきりアーサーは賓客たちから挨拶を受け、ブランシュのほうを振り返りもしなかった。

表面上は、初々しい夫婦だ。

凜々しく頼もしい花婿と、初々しく愛らしい花嫁。

居並ぶ客人が祝杯に祝杯を重ね、王城中がめでたい雰囲気に酔いしれる。

その祝宴の中、ブランシュとアーサーのほかにあとひとり、醒めた目をじっと凝らしている人物がいた。

クロムートだ。

食事が終わって、宴が果てる。

賓客たちはこれから中庭に移り、お茶と爽（さわ）やかな空気と、目の前に広がるベルシュ湖の景色を楽しむ。

その間にブランシュは部屋で一息つき、アーサーも自分の部屋で休息を取る手はずになっていた。

客がいなくなった祝宴の間では、戦闘のような気迫で後片付けが開始されている。今日ベルシュタットでもっとも多忙なのは間違いなく厨房の料理人たちだろう。

「ブランシュよ」

重い足を引きずるようにして祝宴の間から出ようとしたところで不意に声をかけられ、ブランシュははっと息を呑んだ。

パルミナ国王クロムートは、今日はいつもよりさらに華やかに、きらびやかに着飾っている。

金粉を散らした黒ビロードの盛装に身を包み、十指すべてに宝玉を光らせていた。

生まれつき見事な風采（ふうさい）をした人で、青年のころはパルミナの娘たちの憧れの的（まと）でもあった。

ただ近頃はめっきりと老けこみ、自慢の丈夫な身体も衰（おとろ）えが目立ち始めている。

男らしい風貌であるが、ブランシュとはどこも似通ったところがない。

「お父さま……！」

「遙々ベルシュタットまで出向いた父親に、挨拶もしないとは礼儀知らずな」

反射的にブランシュは膝を折り、深く腰を屈めて頭を垂れた。

「申し訳ありません！」

金色宮殿で、父王に対する振る舞いは徹底的に叩きこまれた。

不興を買ってしまったのなら、許しを得るまで頭を上げてはいけない。クロムートの言葉を神の言葉のように敬い、従わなくてはならない――教育係も侍女たちも、クロムートの怒りを買うことだけを恐れて暮らしていた。

「お前は我が命を果たしていない。父から受けた恩義を忘れたか」

単刀直入な言葉が、ブランシュの胸を貫く。

「何のために無教養な娘をわざわざ王女に仕立て上げたと思っている。お前は今まで一体何をしていた」

ブランシュの背中を、冷たい汗が流れた。

クロムートの周囲は華やかに盛装した衛士たちが一分の隙もなく取り巻いて固めている。

きっと王城の人間には、久しぶりに再会した父王と王女が親しい会話を交わしているものだと思っていることだろう。

アデーレでさえ、パルミナの衛士にさりげなく遮られて、少し離れたところに控えている。

「お父さま、ファリーゼは……弟は、一体どこに」

恐怖に引き攣る声を振り絞って尋ねようとしたところへ、刺々しい声が割りこんだ。

「ブランシュ。こんなところで何をしている。さっさと部屋へ戻れ」

アーサーが近づいてきても、衛士たちは警戒を解かない。

互いに少し距離を取ったまま立ち止まり、視線をぶつけ合う。

それは一瞬のことだったが、すさまじい迫力だった。

「――パルミナ王よ。本日はわざわざ我が国までのお運び、痛み入る」

先に口火を切ったのはアーサーだった。

は虫類のような目だけは決してそらさないまま、クロムートが尊大に応じる。

「盛大な祝典だ。娘を幾久しく」

戦いの場以外で顔を合わせるのは、これが初めてのふたりだ。

それまでクロムートは縁談の話し合いの場には代理の権限を与えた臣下を差し向け、アーサーと直接会話を交わしたことはなかった。

祝いの場にふさわしく最低限の礼節を守りながら、互いに一歩も引かない。それはそのまま両国の関係を表しているかのようだった。

「少しの間、娘をお借りする。娘とは、積もる話がある」

クロムートが決定事項のように告げる。断られるとは想定していないのだ。

アーサーが、嘲笑するように口の端を吊り上げる。

「婚礼の日に、我が妻が夫以外の男と過ごすのを認めろと？　パルミナ王よ、無粋なことを言うものではない」

そう言い放ったきりクロムートの顔を見向きもせず、アーサーが誇示するようにブランシュの腰に腕を回す。

「行くぞ、ブランシュ」

ブランシュは戸惑いながらも、アーサーに連れられてその場をあとにする。そんなことをしていいのかと迷いながら。

誇り高い父王が背後で、ぎりりと歯噛みする気配を感じた。

連れて行かれた先は、アーサーの寝室だった。

初めての夜以降、ブランシュが足を踏み入れるのは二度目だ。

「まったく手のかかる……父親と話すだけであんな倒れそうな顔をするくらいなら、さっさと私を呼べばいいだろう。お前は私を信用していないのか」

アーサーが礼装のボタンを片手で外し、窮屈な襟もとを寛げる。ブランシュはどうしていいかわからず、入り口近くで立ち尽くしていた。

「ああ、そうか。私を信用できないからこそ、いきなりパルミナへ帰ろうとしたんだったな。それほど祖国が恋しいか」

アーサーが振り返り、片頬だけで皮肉げに微笑う。

「だが、残念だったな。お前は私のものだ。先程誓いも立てた。絶対に逃がさない……来い。舞踏会が始まるまで、時間はあまりないんだ」

手首を摑まれ、乱暴に引き寄せられる。

「一応、今日まで待ったんだからな。もう遠慮はしない。お前が泣いて嫌がろうと、今日こそは私のものにする」

ブランシュのものよりもさらに大きくて広い寝台の上に引き据えられ、ブランシュは目を瞬かせた。

嬉しい言葉を聞いた気がして、ぱっと表情が明るくなる。

「——私はまだ、アーサーさまのものですか？」

アーサーが毒気を抜かれたような、妙な顔をした。ブランシュにのしかかろうとした態勢のまま、不自然に動きを止める。

「今さら何を言っている」

「アーサーさまは私のことを嫌いになったんじゃなかったんですか？　だって、あれ以来ずっと、部屋に来てくれなかった」

もしかしたらアーサーが現れるのではないかと思って待ち続けた夜は、身体の芯まで凍えるほど寂しかった。

思い出すだけで、目の端にじわりと涙が浮かぶ。

寂しいのが嫌いなのは、アーサーも知っているはずだ。絶対に寂しい思いをさせないとブランシュに約束してくれたのは、彼自身なのだから。

「アーサーさまは、ひどい。約束を破った」

「お前がパルミナへ帰りたがったからだろう。お前が悪い」

ううん、とブランシュは首を振って否定した。

「私はパルミナへ帰りたかったわけではなくて、……どうしても行かなくちゃいけない訳があっただけです」

アーサーが寝台から起き上がり、天を仰ぐようにして額に片手をあてがった。

長いためいきをついて、諸々を頭の中で整理しているようだ。

「――お互いに、ひどく誤解しているような気がしてきた……」

呻くようにつぶやいて、眉間を指先で揉みほぐす。

アーサーが床に片膝をつき、寝台の端に座るブランシュの顔を覗きこんできた。

「お前は私から逃げようとしたのではないのか？」

「違います」

ブランシュは、即座に否定した。

アーサーから離れたいとは思わない。

できることなら、ずっとそばにいたい。

ブランシュの気持ちを、アーサーは全然わかっていないのだ。

つい恨みがましく、本音をぶつけてしまう。

「私に帰る場所なんてないことくらい、アーサーさまは知っているはずでしょう」

父親はあのクロムート。

父親らしい愛情などかけらもなく、ブランシュを刺客に仕立て上げて送りこんできた張本人だ。

悲痛な訴えに、さすがのアーサーも胸を衝かれたらしい。

宥めるようにブランシュの手を握り、ふと気づいて、レースの手袋を外させる。

「綺麗に治ったな」

なめらかになった手の甲に、軽く唇を落とされる。

「軟膏のお礼を言うのを、ずっと忘れていました」

アーサーがブランシュの手を、満足そうに眺めている。その顔を見ていると、ブランシュの心もほぐれる。

「アーサーさまが褒めてくれたから、あかぎれだらけの手に自信を持てました。馬に乗せてくれて、市に連れて行ってくれて」

ブランシュはそう言って、やわらかく微笑む。

「だから私、アーサーさまのことが怖くなりました」

そう。怖いどころか、自分でも驚いている間に惹かれた。

アーサーの広い懐こそがブランシュの一番好きな場所、胸がときめきながらも安心できる場所だとわかったから。

「ブランシュ」

「私は、アーサーさまのそばにいたい。離れたくないです。あのときは必死になりすぎて衝動的に動いてしまっただけで、アーサーさまの命令に背くつもりはなかったの。でも、アーサーさまが怒ったのも当然です。本当に、ごめんなさい」

結果的に、アーサーを激怒させることになってしまった、とブランシュがうつむく。

「私のほうこそ、かっとなって悪かった。お前がパルミナへ帰りたいのかと思ったら……自分でも信じられないくらい頭に血が上って、しばらく冷静になれなかった。頭を冷やすために距離を置いていたんだが――お前を寂しがらせることになったな」

「いいの。アーサーさまになら私、何をされても我慢します」

「我慢はしなくていい。わがままを言ってくれたほうが私は嬉しいし助かる」

「どうして？」

「私は残念ながら全能の神ではない。女でもない。お前が何をどう思い、考えているかわからないこともある。もともと私はそれほど気が長いほうではないし、女心などさっぱりわからん」

だからはっきり口にしてくれたほうが助かるのだ、とアーサーが笑った。

「じゃあ、努力してみます」

根が生真面目(きまじめ)なブランシュがそう言うと、アーサーは大きな声を立てて笑った。心底楽しそうに喉を仰向け、大笑いしている。

「ははは！　本当に変わった女だな、お前は！」

ひとしきり笑ったあとで、笑みを浮かべたまま、アーサーがブランシュの顎を取った。

――アーサーさまに、思っていることをすなおに言っていいのなら。

言いたかった言葉がある。

伝えたかった想いがある。

「……本当に、なんでも言っていいの？　アーサーさま、怒らない？」

「ことと次第によるが。何だ、怒らせるようなことをしたのか？」

「違うと思うけど、アーサーさまが何を言われたら怒るのかわからないから……もしかしたらもう気づいているかもしれないけど、それもわからないし」

アーサーに女心がわからないように、ブランシュには男心というものがわからない。

「言ってみろ」

頷いてからブランシュは軽く目を伏せ、深く息を吸いこんで気持ちを整えた。

言わなくては伝わらないことがあるのは事実だ。

だから言葉がある。

「私――」

アーサーの顔を見ていると、胸の奥から自然とふさわしい言葉が湧き上がってきて、ブランシュの唇にするりと出てきた。

「私、アーサーさまのことが好きです」

ブランシュの告白を、アーサーは目を瞠(みは)って聞いていた。

そしてその言葉が脳裏に届くや否や、勢いよく立ち上がり、ブランシュを両手で高く抱え上げる。

「ブランシュ――私は今まで生きてきた中で、こんなに嬉しいことを言われた覚えはないぞ！」

上機嫌なとき特有の笑い方をしながら、ブランシュの身体をきつく抱き締める。

ブランシュもアーサーに抱き上げられたまま、腕を伸ばしてアーサーにしがみついた。

至近距離で見つめ合い、ゆっくりと唇を触れ合わせる。

小鳥がついばむような口づけを何度も繰り返すのはとても幸せな気分だった。

重大なことに気づいて、アーサーが軽く舌打ちする。

「しまった。夜会が始まるまで、もうあと少ししかないか……仕方ない。夜まで我慢しよう」

何を『我慢』するつもりなのかわかって、ブランシュがぽっと頬を染める。

「アーサーさまったら！」

ふ、とアーサーが心底いとしそうにブランシュを見つめて微笑した。

「意味が通じたか。良かった。少しは大人になったな」

「もう！」

アーサーが寝台の上に腰を下ろし、ブランシュを横抱きに抱き直す。

「話が戻るが、これだけは今のうちに聞いておきたい。一体何をしにパルミナへ行くつもりだったんだ？」

話せるか、とアーサーが尋ねる。ブランシュが頷く。

心が通じ合った相手に、隠し事はしない。

ただ、黒騎士団が耳をそばだてているかもしれないことは気になった。クロムートがこの王城にいる以上、彼らも必ず王城にいる。

「アーサーさま、ちょっとだけ屈(かが)んで」

腕を摑んでそうせがみ、耳打ちするように小さく囁(ささや)く。

「弟を、助けに行こうと思ったんです」

「弟？　お前に弟がいたのか？」

アーサーが、思いも寄らないことを聞いて目を丸くする。

「はい。父親が違うので、半分しか血は繋がっていないんですけど。五歳下で、名をファリーゼといいます」

ファリーゼには、パルミナ王家の血は流れていないこと。

生まれつき病弱で、しょっちゅう寝こんでいること。

神父が惜しがるほど頭脳明晰であること。

そして何より、ブランシュのたったひとりの家族であること。

「弟が拉致されたと、あのとき初めて知ったんです。アマリーアに残っているとばかり思っていたのに。ファリーゼは王家には関係ないのに……」

ブランシュは唇をきゅっと噛みしめる。

「ファリーゼが私の弱みだと、父は知っています。だからあのとき気が動転してしまって」

ブランシュを膝に乗せたまま、アーサーが嘆息する。

「そのとき正直に言えば良かったものを」

思い返してみれば、あのとき話をろくに聞きもせず、ブランシュを幽閉したのはアーサーだ。

「だってあのときアーサーさまはすごく怒っていて、私が口を挟む暇なんてなかったわ」

ブランシュの表情が曇る。

「私、アーサーさまに相談したかったのに……」

ちら、とアーサーを見上げると、彼は気まずそうに目をそらした。

「ベラドンナを飲ませたときよりもひどい目に遭わせそうだったから、しばらく距離を置いていたんだ。許せ」

あれはアーサーなりの、最大限の配慮だったようだ。

それにしてもお互い、本当に言葉が足りない。少しずつでも言葉にする習慣を増やして、わかり合うための時間が必要そうだ。

「私もまだまだ未熟だな」

鐘がゆっくり打ち鳴らされ、夕暮れが迫っていることを告げる。夜の舞踏会が始まるのだ。

「そろそろ、ラズたちが迎えに来る頃合いだ」

アーサーが至極残念そうにそう言って、ブランシュを拘束していた腕をほどいた。

ブランシュの耳に唇を押し当てて、熱い吐息を吹きこむ。

「続きは、夜にしよう」

舞踏会は式典に列席できなかった招待客も登城し、大盛況となった。

人が多すぎて混雑を極め、おかげでブランシュはクロムートに軽く会釈をしただけで、話はせずに済んだ。

というより、ざわめきが大きすぎて隣にいるアーサーの声すらろくに聞こえないありさまだったのだ。

まだまだ夜会を楽しむ列席者たちを舞踏の間に残して、アーサーとブランシュは夜更けに寝室に帰ってきた。

使用人たちはすべて下がらせ、早々にふたりきりになる。

アーサーの寝室は、今夜は煌々(こうこう)と明るい。燭台(しょくだい)に残らず火が灯(とも)されているせいだ。

「こっちだ」

アーサーがブランシュの腰に手を回し、寝台の上に載せる。

白い絹の靴を脱がされたと思った次の瞬間にはすでにベールが取りのけられ、手袋も外されていた。

ドレスの飾りボタンも外され、肩が剝き出しになる。

ブランシュは顔を真っ赤にして、逃げ出したい気持ちを懸命にこらえていた。あまりに必死な形相に、アーサーが吹き出す。

「恥ずかしいか」

「はい」

アーサーを恋しく思う気持ちと、裸身を凝視される羞恥は別物だ。

でも胴を締め上げていたコルセットを外し髪もほどくと、やはりほっとした。

「疲れたか？」

「はい、少し」

アーサーが、自身もさっさと衣服を脱ぎ捨てていく。

舞踏会の前に着替えた飾り刺繡のいっぱいついた上着を脱ぎ、常に手放さない長剣を腰のベルトから外して寝台の枕の上に置く。

「アーサーさまの剣、一度見てみたかったんです。触ってみてもいいですか？」

「構わんが、お前にはたぶん重いぞ」

ある。

持ち手は艶消しの純金製なのだろうか。ずっしりと重たげで、長年使いこまれた風格が

腕を伸ばして、剣の柄の部分にそっと触れる。

「平気です」

「見ていておもしろいものではないだろう」

アーサーがそう言いながら剣を取り上げ、もとの場所に戻す。

ブランシュの背中から肩に腕を回し、残念そうにつぶやいた。

「――痩せたな。また食事を摂れなくなっていたのか。まったく、目を離すとすぐこれだ。せっかく、少しは肉がついてきたと思っていたのに」

「ごめんなさい」

「謝る必要はない。今回の件は、私にも非があるからな」

「はい」

アーサーの指先が、ブランシュの背中をゆっくりと辿る。

ざっと肌が粟立つ感覚に、ブランシュの喉が震えた。

官能を呼び覚まされる感覚だ。

喘ぐように唇を開くと、初手から濃厚な口づけを与えられる。唇を擦り合わせるように

して、アーサーがブランシュの舌を捕らえ、きつく吸い上げる。

「ん……っ」

口づけひとつで、全身を溶かされてしまいそうだ。

ブランシュのこめかみが強く脈打つ。

考えてみればとんでもない行為だ、とブランシュは思う。

唇同士を触れ合わせるだけでは済まず、舌を絡め、口腔内を舐められ、唾液を吸い上げられて――それがうっとりするくらい心地よく、唇をこのまま離したくないと思ってしまうなんて。

アーサーが与える快感を、すなおに受け取る。

長い腕にきつく抱き締められていてお互い半裸の身体はすでに密着していたけれど、腕を伸ばして、ブランシュもアーサーの黒髪をかき抱く。

息が苦しくなる前に唇を少し離し、顔の向きを変え、何度も何度も口づけを繰り返す。

「……んぅ……んっ」

「……ブランシュ、そんな声を出すな。手荒にしたくなるぞ――優しくしてやろうと思っているのに」

アーサーの肉厚の舌がブランシュの唇をぺろりと舐め、離れていった。

もっとキスしていたかった、という気持ちが顔に出ていたのだろうか。アーサーは嬉しそうだった。

「どうした、可愛い顔をして」

蠟燭の無数の明かりを浴びたアーサーの身体は、戦の神の化身のように雄々しい。

無造作にシャツを脱ぎ捨てたので、上半身を隠すものが何もない。

しっかりとした筋肉が飾る肩や腹部に傷跡がいくつも残っていることを、ブランシュは知っている。

「手当てをしたときにも見ましたけど、本当にたくさんの傷跡があるんですね」

左脇腹の傷は皮膚がかすかに盛り上がり、引き攣るような痕になって残っている。他の傷も同じように、完全には治らず残っていた。

当時どれだけ深い傷を受けたかを物語る。

「気になるか？　これは私にとっての勲章のようなものだ」

「勲章？」

「そうだ。戦いの場においてどれだけ手傷を負っても、今まで私は常に勝ち、生き残ってきた。傷跡は私が祖国を守ってきた証だ。私はそれを誇りに思う」

「ベルシュタットを守るためについた痕なんですね」

左脇の痕に指先でそっと触れると、アーサーがくすぐったそうに顔をしかめた。

「私の傷跡で遊びたいのか？　あとで好きなだけ遊ばせてやるから、今は一刻も早く抱かせてくれ」

まっすぐで強い言葉が、ブランシュの胸をきゅっと締めつける。息もできないくらいの幸福感に包まれて、金茶色の目の端に涙がじわりと浮かんだ。

押し倒されて、ブランシュの頭が枕に沈む。のしかかるアーサーの肌は、鋼のように硬く熱い。

「我ながら、よく今まで我慢したものだ。いいな？　これ以上は待てない」

ブランシュは全身を薄桃色に染めながら、頷(うなず)いた。

「……はい。どうぞ、アーサーさまのお好きなように」

アーサーは束の間考えこむように眼差(まなざ)しを宙に浮かせ、おもむろにブランシュの身体を抱き上げた。

「え？」

仰向けに寝転んだアーサーの身体の上に、腹ばいになるようにうつ伏せにされる。まだ腰に引っかかったままのドレスが、ブランシュの脚にまとわりついた。

上半身は下着だけの姿になっていて、アーサーは上半身は丸っきり裸だ。

肌と肌とが直接触れ合い、ブランシュは少しだけ怯えて身を固くする。

「ブランシュ。体を上にずらして、私の頭を抱き締めろ」

「……？　は、い」

アーサーの命令だ。

ブランシュは気恥ずかしさに震えながら、命じられたとおりに従う。

まとわりつくドレスの裾に苦労しながらアーサーの頬に頬を寄せるようにして抱きつくと、アーサーがその抱擁をしっかり満喫してから首を振る。

「違う、もう少し上だ。私の唇に、お前の胸を押し当てろ」

「え⁉」

そう言いながらアーサーは、ブランシュの下着の結び目をしゅるりとほどいてしまう。

胸を押さえこんでいた紐がなくなり、やわらかな膨らみが剥き出しになる。

赤い先端部分をアーサーの唇に自ら捧げろと、そう言っているのだ。

「早くしろ」

腰を強く抱き寄せられる。

「あああ……っ」

下肢と下肢とを擦り合わせるように揺さぶられて、ブランシュは小さな悲鳴を上げた。

ドレス越しに、アーサーの屹立がじんじんと熱を帯びて昂ぶっているのがあからさまに伝わってくる。

不意に背中の力が抜けて、ブランシュはくたくたとアーサーの顔の上に伏してしまった。

夜更けの寝室に、みだらな息遣いが満ちる。

アーサーの濃厚な愛撫は、留まるところを知らなかった。

やや強引な愛撫で乙女の怯えを取り払い、快楽へと導くために。

ブランシュの形良い胸の感触を舌と口で味わいながら、指先で下肢の付け根をまさぐり、蜜が迸るまで淫蕩にあまやかす。

花心も指先で嬲られて、ブランシュの中の情欲がゆっくりと目を覚ましていく。

つつましく遠慮がちな乙女の身体は、アーサーが少し触れるだけでも燃え上がってしまいそうなくらい張り詰め、あまやかに濡れた。

それは決して恥じることではなく、神々に嘉されたことなのだとアーサーのすべてが物語り、教えこむ。

「ん、あ、そんな……っ」

昂ぶらされて混乱したブランシュがアーサーの首に縋りつき、あまく呻く。

胸の頂点の赤い飾りもアーサーの唾液に濡れ光り、つんと固く尖って痺れて、身体の中で得体の知れない何かが大きく暴れ回る。

「あ、アーサーさま、もうだめ………」

これ以上なにかされたら、身体が溶けて消えてしまいそう。

気持ちいいけれども、同時にとても怖い。自分が自分でなくなってしまうような気がする。

そう言って、ブランシュが啜り泣く。

ドレスはいつのまにかすべて脱げて、寝台の下に落とされていた。互いに一糸纏わぬまま睦み合う影が、寝台の壁にあやしく揺れる。

「――お前はなにかに耐えるとき、身体を丸めることが多いな。寝ているときもそうだったが、癖なのか？」

不意にそう言われて、ブランシュはきょとんとした顔つきでアーサーを見上げた。

「そうみたい……どうして、そんなことを聞くの？」

しかも、今。

こんなぎりぎりの際どいときに何かを言われても、全然頭が働かない。

「いいかブランシュ」

アーサーがブランシュの腰に腕を回したまま、身体の上下を入れ替える。

寝台に背中を押しつけられ、アーサーの身体がブランシュの華奢(きゃしゃ)な身体を余すところなく覆(おお)い尽くした。

「これからなにかを我慢するときは、ひとりでうずくまって耐えようとするな。身体を丸めずに私に抱きつけ。わかったな」

「…………？　は、い…………？」

昂ぶりきった屹立が、ブランシュの秘めたる場所に押しつけられる。

「あっ！」

「……痛いか」

「少しだけ……でも、平気です」

「馬鹿を言うな。花嫁に痛い思いなどさせられるか。ちょっと待っていろ。香油を持ってくる」

そう言ってアーサーの身体が離れそうになるのを、ブランシュは必死に引き留めた。

腕をアーサーの肩に絡みつかせ、はしたないことに足までアーサーの腰にまとわりつかせてしがみつく。

「行かないで……！　離れちゃ、いや！」

「ブランシュ？」

「痛くてもいいです。怖くてもいいです。あなたになら、何をされても構いません。だから離れないで。ひとりにしないで。お願いだから、離れていかないで……！」

こんなふうに、なりふり構わず誰かに懇願したのは初めてだ。

ブランシュはずっと、苦労するのが当然なのだと思って生きてきた。そうしないと生きていけなかった。

無自覚なうちに、相当無理をしていたのだと今ならわかる。

アーサーに愛されてようやく頼ることを知る。

あまえることを知る。

理性の枷もためらいも戸惑いも、ブランシュを縛りつけるものは、すべてアーサーが取り払うのだ。

必死の告白に、アーサーの下肢が一層いきり立った。

膝立ちになったアーサーがブランシュの下肢を肩に担ぎ上げて大きく開かせ、こらえきれない熱い吐息を吐き出す。

「ああ、わかった……これで計算ではなく無意識だというのだから、空恐ろしい」

分厚い筋肉で覆われた男の腹筋が大きく動く。

たっぷりと潤(うるお)わされた蜜壷の中へと、アーサーがゆっくり侵入を果たす。

「あぅっ」

ブランシュが、びくっと腰を跳ね上げさせた。

細腰を両手で包みこむようにして支え、アーサーが一気に腰を進めていく。

「だから言っただろう。一度抜くか？」

初めて男性を受け入れる痛みに額に汗を浮かべつつも、ブランシュは健気に首を振った。

「大丈、夫……痛っ」

「……もう少し我慢しろ。じき慣れる」

貫かれながら、ブランシュが両手をアーサーに向かって伸ばす。

指の一本一本を絡め取るように握られて、励まされる。

屹立が、奥へ奥へと進められていく。

とても痛かったけれど、アーサーとひとつになっているのだと思うと不思議と痛みを感じなくなる。

幸せすぎて、痛覚が消えてしまったのだろうか。

「平気か？」

「は、い」

下肢がこれ以上ないというほど深く繋がったところで、鼻先を触れ合わせ、微笑み合う。

「全部入った……よく頑張ったな、ブランシュ」

アーサーがブランシュの手を取り、白い手の甲に唇を落とした。

「動いても大丈夫か？」

「はい、たぶん……」

アーサーが笑って、腰を軽く突き動かした。

ブランシュの奥深くで、熱塊がずくんと脈打ち、爛れるような強烈な震えが走る。

「や、なんか変、これ、いや……っ」

「うん？　慣れてきたか？」

「わ、わかんない……っ」

アーサーと繋がった箇所から、想像したこともなかったすさまじい快感が広がる。

今まで散々下肢を触れられていたのは、ほんの戯れにすぎなかったのだと、初めて知った。

快楽の質が違う。

「お前の勘所はここかな」

アーサーが明らかな意図を持って腰を揺すり立て、ブランシュはびくびくと全身を震わせた。

白い喉が、あまい悲鳴を紡ぐ。

「あ、やあ、それだめ、だめ……！」

大きく仰(の)け反(ぞ)り、逃げを打つ。

けれどアーサーはしっかりとブランシュの身体を捕まえていて、絶対に逃げられない。

それどころかますます刺激が強くなる。

「アーサー、さま、あ……！」

初心(うぶ)な反応を示しながら、ブランシュの裸体がシーツの海の中で踊る。理性も蕩(とろ)けてしまったのか、こらえきれずに声に艶(つや)が混じる。

「どこが気持ちいい。言ってみろ」

「全部……！」

「可愛い反応だ」

アーサーの動きが激しくなり、寝台がぎしぎしと軋(きし)む。

「やあ、壊れちゃう、やめてぇ……っ」

大きすぎる快楽に耐えきれずに、ブランシュが降参する。その愛らしい唇をアーサーが口づけで塞ぐ。

「壊しはしない。怯えずに、すなおに楽しめばいい」

髪を振り乱すほど激しい動きが続き、薄い肩をはあはあと喘がせるので精一杯のブランシュには、楽しむ余裕など全然ない。

身体のどこもかしこも熱くてじんじんして、苦しいほどあまく痺れる。何度も突き上げられ、繋がり合った下肢はぐちゃぐちゃに濡れている。

最奥に怒張をねじこまれ、感じさせられて、ブランシュの爪先がぴんと反り返った。

身体の奥で、一番大きい快楽の波が押し寄せるような、頭の中で火花が散るような、未知の感覚が襲う。

——さっきアーサーさまが言っていたのは、こういうとき……？

手も足もアーサーの身体にまとわりつかせて、力一杯、ぎゅっとしがみつく。

アーサーの滾るものがブランシュの胎内を一際激しく蹂躙し、ブランシュはもう悲鳴を上げることもできない。

身も心もとろとろの蜜のごとく痺れて——ふたりの意識が、同時に真っ白に染まった。

ブランシュの中に、アーサーが熱い迸りを解き放つ。

「あ……っ！」

一瞬の仮死のような、なにもかもから解き放たれる瞬間。

ひどく長い時間にも感じられる、恋人たちだけの秘密の時間だ。

強烈すぎる痺れに身を任せ、泣きじゃくるような呼吸を繰り返す。

ひどい疲労感だった。

――なんだか身体がこのまま、寝台に沈みこんでしまいそう。

アーサーが、ブランシュの背中を労るように撫(な)でていた。

ゆっくりと息を整えながら、見つめ合い、アーサーが満足そうにブランシュの額に口づけた。

「……ブランシュ。私のものだ」

そこまでが限界だった。

ブランシュは、ぐったりと目を瞑(つむ)る。

とても疲れたから、このまま眠ってしまいたい。

「初めての共寝は疲れただろう」

「はい……」

「だが、まだだ。次はもう少しゆっくり楽しむとするか」

「え……⁉　無理です、もう無理！」

ブランシュは慌てて逃げようとしたが、身体に力が入らない。

「ブランシュ」

アーサーの声が、低くきらめくような色香を帯びて笑う。

「私から逃げようとしても無駄だと言っただろう？　まだ夜は明けない。覚悟しておくがいい」

【6】

一方、そのころ。

招かれざる客が数人、暗闇に身を隠し、王妃の間に忍びこむ。

兵士たちが不定期に回廊を見回るのは承知しているので、城壁を登り、窓を開いて隙間から滑りこむ。

訓練されて無駄のない動きは、ある意味芸術的だった。

パルミナ王クロムートの抱える、黒騎士団の男たちだ。

彼らは一様に黒い衣服をまとい、黒い布で口もとを覆い隠していた。素顔も素性（すじょう）も表には出さない。

頭領の男が、低く囁（ささや）く。

「ブランシュ姫はどこだ。見つけたか」

鋭い目つきで室内を調べた配下の男が答える。

「いえ。この付近にはいないようです」

「やはり、ベルシュタット王のところか」

控えている女官さえいない続き部屋の空気は、ひんやりと澄み切っていた。

「いかがいたしましょう。ベルシュタット王の付近は警戒がさらに厳重です。忍びこむためにはかなりの下準備が必要ですが」

「陛下は姫を無理にでも連れ出せとのご命令だったが……仕方あるまい。今夜は出直しだ」

もしブランシュがこの部屋でひとり眠っていたら、有無を言わさず拉致されていたことだろう。

闇に生きる男たちは少しばかり部屋の様子を気にするように見回して、やがて元通り、暗闇の中へと消える。

わずかな物音も立てずに開けられた窓が外から閉められ、城壁をつたい降りるかすかな物音は、耳を研ぎ澄ませてもほとんど聞き取れない。

「…………やはり来たか。まあまあの手練れだったな」

隅に寄せられた衝立の後ろ、暗がりに溶けこむようにして気配を消していたラズが小さく鼻を鳴らした。

「——陛下に報告しなければ」


「クロムートが、ブランシュを攫おうとしただと?」

ラズの報告を、アーサーは寝室に繋がる書斎で聞いた。

夜が白み始めて、窓の向こうには朝霧に包まれた湖が見える。

隣り合う寝室で、ようやく眠ることを許されたブランシュは小さな寝息を立てている。

飾りのないズボンをはき、シャツを羽織っただけの軽装のアーサーが机にもたれかかり、行儀悪く腕を組む。

ふたりは声をひそめて会話を交わす。

「ご命令通り、妃殿下の部屋に待機しておりましたところ、数人の黒ずくめの男たちが外から侵入を果たしました。もし妃殿下があの部屋にいたら、確実に拉致されていたことでしょう。かなりの手練れのようでしたから」

「ブランシュの言っていた、黒騎士団だな。それにしても、人の城で大胆な真似をするものだ」

アーサーが肩をすくめる。

「向こうにもそれなりの理由があるのでしょうが、良い気はしませんね」

要塞都市として名高いベルシュタットの中でも、特に守りが堅いのがこの王城だ。その中で好き勝手に動き回られるのは、ラズとしても不愉快だった。

クロムートはベルシュタット・タタンの迎賓館を貸し切り、自国の衛士たちに厳重に警備をさせている。

本来ならばどんなに強行軍となっても、パルミナ側としては日帰りをしたいところだっただろう。

王族——特に常に暗殺を警戒している人間にとって、見知らぬ場所で眠ることほど嫌なことはないからだ。

いつ誰に寝首をかかれるかわからないような場所で、安心することはできない。

逃げ道を確保し、神経を研ぎ澄ませ、衛士に取り巻かせていてはひとときたりとも気が休まらない。

けれど婚礼の式典を済ませた時点でクロムートは引き揚げず、ベルシュタットに残ることを選んだ。

「ブランシュに何か用事がありそうだが、ブランシュのほうは会いたがっていない」

「パルミナの衛士たちが威張り散らすので、軍隊が不平を鳴らしています。ベルシュタット・タタンの迎賓館も、パルミナ王は我が国の警備兵や使用人たちを叩き出し、すべてをパルミナの人間で固めているそうです」

「用心深いことだ」

アーサーは鬱陶しいことが嫌いなので、クロムートの気持ちが理解できない。

「ブランシュの周囲の警備を存分に固めろ。できればこのままクロムートに引き下がってもらいたいところだが」

ラズが、ため息と共にその先の言葉を引き取った。

「そうもいかないでしょうね」

「ブランシュは数日、私の部屋に滞在させる。――少なくとも、パルミナが引き揚げるまでは」

アーサーの住まいは、王城の中でももっとも侵入が難しい場所にある。

「かしこまりました。妃殿下つきの女官たちにも、そう伝えておきます」

夜が明ける。

今日もまた、王城では祝宴が続くのだ。

律儀な侍従武官には、一瞬たりとも気を抜く時間はなさそうだった。

話し声が聞こえたような気がして、寝台の上に身を起こす。

何も身につけていないのが恥ずかしくて、手近にあったアーサーのシャツを羽織って肌を隠す。

「アーサーさま、どこ……？」

小さな声で呼ぶと、ちょうど彼が足早に戻ってくるところだった。どうやら、書斎に行っていたらしい。

まだ起きるには早い。

「起きていたのか」

「はい」

アーサーは寝台に片足を乗り上げ、ブランシュを抱き寄せた。白い額に、挨拶（あいさつ）代わりの口づけを贈る。

「身体は平気か？」

その質問に、ブランシュは真っ赤になってしまって答えられない。

──あちこち痛いみたいな、まだ肌が熱いみたいな、変な感じなんだもの。

下腹部の痛みは今まで経験したことがなかったけれど、原因はよくわかっている。

アーサーが、くっくっと声を押し殺して笑った。

「あまり平気ではなさそうだな。悪かった」

「少しだけお声が聞こえていました。もしや父が、何かいたしましたか……？」

「まあな」

ブランシュの手が細かく震えていることに気づき、アーサーは顔をしかめた。

「前も気になっていたが」

細い指を取り、アーサーの頬に押し当てられる。

アーサーに一晩かけて温められたブランシュの身体は、すっかり冷えてしまっていた。

「お前は、パルミナ王の話題になるといつも尋常でなく怯える。昨日も、今にも卒倒しそうな顔をしていただろう。何故だ」

「……それは」

答えかけたブランシュははっと口を噤み、周囲を見回した。黒騎士団が耳をそばだてているかもしれない、と思ったのだ。

クロムートがこの王城にいる以上、影のようなあの男たちも必ずいる。闇にひそみ、牙を研いでいるはずだ。

ブランシュが何を気にしているのか、気づいたらしい。

アーサーが堂々と言い放つ。

「ここはベルシュタット国王の寝室だ。誰も盗み聞きなどできない」

「……あの人たちに不可能はないんです。私は金色宮殿にいたとき、ずっと監視されていたの」

宮殿から逃げだそうとしたときも、アマリーアのファリーゼにこっそり連絡を取ろうとしたときも、必ず影の男たちの手で阻止された。

そしてそのことは必ずクロムートに報告されており、そのたびにブランシュはひどい折檻を受けた。

「――仕方ないな。ではこの間のように、私に耳打ちしてみろ」

「耳打ち、ですか？」

「そうだ。ほら、来い」

寝台に腰かけたアーサーが、身体をブランシュに向けて傾けるようなしぐさをする。確かに耳打ち程度の声量なら、盗み聞きするのは難しそうだ。

身体に巻きつけたシャツが肩から滑り落ちないよう気を使いながら、ブランシュはゆっくり膝立ちになる。

「私の耳に唇をしっかり押しつけろよ。他の誰にも聞こえないように」

なにせアーサーが大柄なので、ブランシュはどうやってもアーサーの肩にぶら下がるような体勢になってしまう。

一所懸命伸びあがり、口もとを寄せてくるブランシュを、アーサーが楽しそうに待ち受けていた。

ブランシュに合わせて、アーサーも声をひそめる。

「言ってみろ。何が怖い？」

「――父は、パルミナの国内において……神にも等しい権力を持っているの。パルミナにとって、父は唯一絶対の存在だった。国中いたるところに黒騎士団がひそんでいて、父を批判するようなことを一言でも漏らせば、その日のうちに処刑台送りなの」

「金色宮殿の真っ正面に処刑場があるとは噂で聞いたことがある」

銃の製造を始めてからというもの、クロムートの暴君ぶりはさらに悪化した。

「銃の試し打ちをするために、パルミナの軍は犯罪人を利用するようになって。最初のうちは、もともと死罪になることが決まっていた犯罪人が銃殺されていたそうなんだけど、だんだんと……」

犠牲者の数が増えていった。

パルミナ王家はもともと毒薬の開発にとても力を入れていて、今もその研究は続けられている——という噂もある。

本当なのかどうかは、ブランシュもわからない。

「重すぎる税金を払いきれない貧しい人や、軍で父に睨まれた軍人とその一族全員など、宮殿の前の広場で誰かが撃ち殺される音を、私は毎日耳にしてきた……」

ブランシュは小さいころに、自分の父親が誰なのかを母のジゼルから聞いていた。けれど、アマリーアの村から一歩も出たことがなかったので、父王にあまり興味は持てなかった。

クロムートの真の恐ろしさを知ったのは、金色宮殿に拉致され、王都パルミナ・ルルドの表と裏を目の当たりにしてからだ。

ブランシュが抵抗する気力を失うには、充分だった。

「怖くて怖くてたまらなくて、父の命令に従うと、誓いを立てた」

私は役立たずなんです、とブランシュが苦く告げる。

「お前のどこが」

「私の中に流れている血の半分は、父から受け継いだもの。それなのに私は父を諌めることも、考え直させることもできない。私は無力で、何の役にも立てないのだと……父の命令に従うよう強制され続けて、私、自分の意思がわからなくなってしまったの」

アーサーが嘆息する。

「――だからお前はあの夜、あんな瞳をして私に立ち向かってきたのか」

「あんな瞳?」

「すべてを諦めきったような、凍りついた眼をしていた。可愛げのない小娘だと思ったものだ。暖めてみたら、溶けた氷の中からなかなかに愛らしい生き物が出てきたがな」

アーサーがわざとおどけるような物言いをしたので、ブランシュもぎこちなく、小さく微笑む。

「父にすっかり洗脳されて、そのことすら気づけなかった」

「恐怖で縛りつけられれば、誰でもそうなる。クロムートの好みそうな手段だ――かわいそうに」

アーサーの腕にこうして抱き締められていると、ブランシュはなにも怖くない。アーサーはいつでもブランシュに、勇気を分け与えてくれる。

それは、アーサーがとても強い人だからだ。ベルシュタットを背負って立つ、しなやかな覚悟を持つ人だからだ。

アーサーの胸の中は温かくて強くて優しい。

ブランシュがこの世でもっとも好きな場所だ。

「父は、あなたを殺すことをまだ諦めていないと思うの。ファリーゼを拉致して人質に取ったのも、きっとそのためだわ。だってそれ以外に考えられない……！」

でも、どうしよう。

ここしばらくの間、ブランシュはずっと悩み続けていて、その答えが見つからない。

「私が命令を果たさなかったら、父はファリーゼを殺してしまうでしょう。アーサーさまのことは絶対に傷つけたくない。守りたいの。でも弟は身体が弱くて、ひとりで逃げ出すなんて絶対にできない……どうしよう」

ブランシュは目にいっぱい涙をためて、アーサーを見上げた。

「私がここにいる間に……いえ、もしかしたら、すでにファリーゼは殺されてしまったかもしれない……そんなことになったら、私のせいだわ……！」

「ブランシュ。お前はとても重要なことを忘れている」

「重要なこと？」

「お前の夫は誰だ。言ってみろ」

「アーサーさまです」

そうだ、とアーサーが頷く。

「お前の夫は、ベルシュタットの王だ。不可能なことはない。もしお前がその唇で心からの願いを言うことができたら私は全力でそれを叶える」

はっきりと言葉にしなくては伝わらない。だから、はっきりと言葉にしろ。それは、アーサーが以前から言っていたことだ。

「――でも」

ブランシュはうつむく。

この願い事は、簡単には口にできない。

ファリーゼはパルミナの人間で、アーサーの影響力も及ばない。

内政干渉など、クロムートは決して受け入れない。ブランシュのわがままで、アーサーに迷惑をかけるわけにはいかない。

――いいえ、違う。簡単じゃないからこそ、アーサーさまがこうして、『言え』と言っているんだわ。

意を決して、大きく息を吸いこむ。

アーサーの顔を正面から見据え、しっかりと視線を合わせて、声を絞り出す。

「私のわがままです。ご迷惑だと重々わかった上で、お願いします」

「言ってみろ」

お願いです、と金茶色の瞳が縋る。

アーサーなら、きっと力を貸してくれる。

ブランシュにとって、アーサー以上に頼りになる相手はいなかった。

「ファリーゼを助けて……！　たったひとりの弟なの。私の、ファリーゼ……！」

アーサーはしがみついてくるブランシュを胸に受け止めながら、むっと不満そうに顔をしかめていた。

『私のファリーゼ』という言葉が気に入らなかったのだ。

怯える背中をぽんぽんとあやされ、ブランシュは少し落ち着きを取り戻す。

「お前の弟が監禁されている場所に心当たりはあるか？」

「いいえ……宮殿内の様子さえ、あまりよく知らないの。私が出歩ける場所は限られていたし、金色宮殿はとても広くて」

「宮殿なら地下牢があるだろう。目が届かない場所に閉じこめておくのはなにかと不便だから、少なくともパルミナ・ルルドのどこかにいるはずだ」

「そういうもの？」

「ああ。もしかしたらベルシュタットまで連れてきているかもしれない。さっそく調べさせよう」

ブランシュの表情が、ぱっと輝いた。

「アーサーさま、それって」

——ファリーゼを助けてくれるの……!?

嬉しさに頬を紅潮させるブランシュに、アーサーが優しく微笑した。

「任せるがいい、『私のブランシュ』」

【7】

すぐさま、ラズの他にベルシュタットの主だった重臣たちを集めての会議が始まった。

ベルシュタットの重臣たちは非常事態に対応できるよう、王城の敷地内に住まいを与えられているのだ。

「これ以上は、私の独断で動くことはできない。問題がとっくに個人的なものではなくなっているんだ」

アーサーがそう言って、事情を打ち明ける。

場所はアーサーの執務室だ。会議室は別にあるけれど、今は警備が万全な執務室のほうが都合が良い。

広さに問題はなかったが、壮年や老年の男性ばかりが十人以上も集まるとさすがに迫力というか、圧迫感があった。

経済大臣は額に八の字を寄せ、ベルシュタットの損得を即座に計算する。

「パルミナは今、銃の売買で儲けていますからな。ことを構えるとなると被害額は莫大なものになりますぞ、これは」

「しかし我が国の王妃の弟を幽閉されているなどと知られては、ベルシュタットの面子が丸潰れではありませんか。大体パルミナは長年の宿敵、いつまた牙を剝いてくるかしれません。この機会に鼻を明かしてやるのも良い手かと思われます」

白髪の総帥が血気盛んに意見を述べる。

「しかし、パルミナの内政に干渉しすぎているのでは？　妃殿下の弟君が幽閉、監禁されているという確たる証拠もないわけですし」

ひとしきり意見に耳を傾けたあと、アーサーが静かに口を開いた。

「ブランシュの弟が拉致されて軟禁されているという仮定に絞って話を進める。今は議論をしている暇はない。パルミナ王がベルシュタットに滞在している間に解決しなければならないのだ」

ブランシュは壁際に置かれたビロード貼りの安楽椅子に腰かけて両手を握り締めながら、会議の様子を見守っていた。

ブランシュのそばには、アデーレがずっと付き添っている。

アーサーは重厚な執務机にもたれたまま腕を組み、沈思していた。もっとも信頼する侍従武官は、今は彼のそばにいない。

密命を帯びて、パルミナ王の周辺をひそかに探りに行かせているせいだ。

「もし首尾よく妃殿下の弟君を発見したとして、こちらが保護するわけには参りますまい。他国のことには深く関わらないのが上策です」

保守的な防衛大臣の意見もこれまたもっともだった。

「我が国は、パルミナとの争いに終止符を打ち、ようやく和平を得たばかりでございますぞ。婚礼の祝宴も終わらないうちに騒ぎを起こしては、パルミナとしても収まりますまい」

ブランシュは身体を小さくして恐縮する。

彼ら重臣たちはアーサーが怪我をしたときブランシュの部屋によく出入りしていたので、すっかり顔馴染みだ。

——ファリーゼを助けてほしいとお願いしたけど、こうまで大ごとになるとは思わなかったわ。

冷静に考えてみれば、これが当たり前だ。

アーサーはこの国の王なのだから。

——アーサーさまがパルミナへ乗りこんで、ファリーゼを探し回れるはずがないもの。

「ブランシュ姫さま、大丈夫ですか？　何か温かい飲み物でもお持ちしましょうか？」

アデーレがずっと、ブランシュのことを泣きそうな顔をして見ていた。

「わたくしも姉ですもの。弟君を想うお気持ちは、痛いほどよくわかりますわ」

「お気の毒ですが、そのために我が国がパルミナと無駄に騒ぎを起こすわけには参りません。そもそも妃殿下はすでに我が国へ輿入れなさった御方。ベルシュタットの王妃となられたお身の上ですぞ。お立場を弁えていただかねば困りますな」

陸軍大佐が重々しくそう言うと、アーサーが低い声で割って入った。

「他国の問題ではない。ファリーゼは我が妃の弟。つまり私の義弟だ」

「アーサーさま」

アーサーがきっぱりそう言ってのけると、大臣たちが当惑した。アーサーのすさまじい剣幕に圧されて、それきり、口を噤んでしまう。

重苦しい沈黙が流れ、ブランシュは見ているだけで胃が痛くなる。

──私がわがままを言ったせいで、皆さまがこんなに困っている……。

「──ごめんなさい」

椅子から立ち上がり、居並ぶ大臣たちに向かって腰を折り、頭を垂れる。

「困らせてしまってごめんなさい。でも私には、アーサーさまや皆さまの助けが必要なんです。どうかお願いです、弟を助けてください……！」

「ブランシュ」

アーサーがブランシュの両肩を掴(つか)み、頭を上げさせた。

「お前が謝る必要はない。私が決めたことだ」

「でも、ベルシュタットを巻きこむことになってしまっては」

「構わん」

アーサーが、人目も憚(はばか)らずブランシュを抱擁した。

「ああ、また身体が冷えているな。アデーレ、なにか羽織るものを持ってきてやってくれ」

「はい、すぐに」

「アーサーさま、私なら大丈夫だから」

「大丈夫なものか。気を張り詰めているせいで、指先まで冷たくなっている」

アーサーがあれこれとブランシュを気遣う様子を、重臣たちは呆気(あっけ)に取られて見守っていた。

以前からブランシュを寵愛していることは知っていたが、実際にその様子を見たことはない。

ひとたび戦いの場に出向けば誰よりも勇敢で豪胆なアーサーが、子猫の面倒を見るように世話を焼く姿はある意味非常に珍しい。

重臣たちは、ベルシュタットの若き王の性格をよく知っている。

互いに顔を見合わせて、大佐や元帥たちがひそひそ囁(ささや)く。

「国王陛下は本気ですな」

「参りました。これでは反対しても意味がない」

揃って、ふーっとため息をつく。

アデーレが持ってきたショールをブランシュに羽織らせながら、アーサーがさらりと言う。

「これ以上ぐずぐず言っているようなら、私が直接パルミナへ乗りこむぞ。パルミナ中を駆け回ってファリーゼを探し出してきてやる」

アーサーならやりかねない、と大臣たちはいっぺんに青くなった。

「それだけはおやめください、どうぞお留まりを！」

「陛下、ただいま戻りました！」

ラズが数人の部下を引き連れ、息せき切って入室してきた。

執務室の中の様子をぐるりと見回して、首脳陣が涙目になっているのを見、眉をひそめる。

「どうしました？　一体何事です？」

「ラズ。どうだった」

ラズが、アーサーの顔を見つめてにやりと微笑む。

「当たりです。迎賓館の一室に何者かが幽閉されている痕跡だけは見つけました。ほとんど誰にも知られていないようですが、聞きこみの結果、ほぼ弟君で間違いないと思われます」

おお、と大臣たちがざわめいた。

「ファリーゼが、ベルシュタットに来ているんですか……!?」

ブランシュは驚きに目を瞠る。

「やっぱりか。大切な人質ほど、手もとに置いていないと安心できないものだ。読み通りだ」

アーサーが腕を組み、満足そうにその場にいる全員を見渡す。

「では、次の一手だ」

翌朝のこと。

クロムートは暗い笑みを紡ぎながら、時を待っていた。

彼が滞在しているベルシュタット・タタンの迎賓館に、これからベルシュタットの国王夫妻が立て続けの祝宴の合間を縫って、表敬訪問に来ることになったのだ。

花嫁の父親であるクロムートに、最大限の敬意を払った訪問である。

当初の予定にはなかったけれど、クロムートとしてはしごく当然なことだと思える。

わざわざベルシュタットまで出向いてきたクロムートを、下にも置かずもてなすのは当たり前だ。

黒騎士団の報告によればアーサーは、ブランシュのことがひどく気に入っているらしい。

「あんな小娘のどこが良いのかわからんが、まあいい。あの役立たずが、初めて儂の役に立ったのだからな」

豪奢な仕立ての椅子に腰かけたまま、小姓たちに身なりを整えさせる。

パルミナの王にふさわしく贅沢に着飾って、アーサーに見せつけるつもりだった。漆黒の極上の絹織物に金糸銀糸で刺繍を施した、最高級の装いだ。

まだ五十代のはずだが、それよりずっと老けて見える。それでも、眼光の鋭さだけは以前と変わらずに強い力を持っていた。

王冠を被り、指にはすべて大きな宝玉のついた指輪を嵌め、クロムートは満足そうにほくそ笑んだ。

「わざわざ出向いてくるとはちょうどいい。今日という今日こそ、アーサーの息の根を止めてくれようぞ……！」

長年募らせてきたベルシュタットへの恨みを晴らし、この国をパルミナの傘下に収めるのだ。

由緒あるパルミナに比べて歴史がないくせに、水が豊かなせいで勢いのあるのが忌々しい。

自由で開放的な雰囲気も、若く活気のある国柄も、なにもかもがクロムートには目障りだった。

王たるアーサーを始末してしまえば、あとは武力で押さえこめる。

クロムートには銅山があり、銃の密造で得た莫大な富があるのだから。

代々ベルシュタット王家は勇敢な後継ぎがいて苦労させられたが、アーサーにはまだ子どもがいない。

国の礎である王家が滅べば、民などたやすく迎合できる。

国家にとってもっとも恐ろしいことは財政破綻でも戦に負けることもでない。血筋が途絶えることだ。

パルミナの選ばれた王座に就く者として、クロムートはそのことを熟知していた。

「さーて、あの若造をどのように迎えてやろうか。待ち伏せて一気に蜂の巣にするか……いやいや、それではあの者が苦痛を味わう暇がない。ベルシュタットが我が手に落ちるさまをとっくりと見せてやらねば」

敗戦国は勝利国の奴隷だ。

代々のパルミナ王家が抱いてきた野望が今こそ叶うのだと思うと、クロムートは笑いが止まらない。

「パルミナは力を得た。今こそベルシュタットを下し、徹底的に叩きのめしてやるとしよう。まずは血祭りだ。アーサーめの目の前で、ベルシュタットの民を嬲り殺しにしてやるのだ」

おおそうだ、とクロムートは膝を打つ。

ちょうどよいものを、自分はすでに持っている。

「そうだ、必要なのはまさにこれ。『王の指輪』だ……！」

クロムートの枯れ枝のような中指を飾る、金台に緑柱石を嵌めこんだ指輪――この中には、劇薬が仕込まれている。

この指輪はパルミナの王家に代々伝わる家宝だ。

クロムートは爛々と目を輝かせた。

「この中には、秘薬が仕込まれている。国家存亡の危機のときにのみ使用せよとの言い伝えもある。ならば、今がまさにそのときではないか」

言い伝えによれば、この世のどんな毒よりも恐ろしい効き目の劇薬が封印されているのだという。

「やつに飲ませて、この世の地獄を味わわせてやるのだ……！」

大笑いする王の姿を、小姓や衛士たちが無表情のまま取り巻いている。長い間、暴君に仕え慣れて、心の一部が麻痺してしまっているかのようだ。

「大変でございます！　国王陛下！」

衛士隊隊長が駆けこんでくる。クロムートは不愉快そうに応じた。

「何事だ、騒々しい」

「周囲を、ベルシュタットの軍に取り囲まれましてございます……！」

「なんだと⁉　馬鹿者！」

クロムートが椅子を蹴倒して立ち上がり、衛士隊長を足蹴にする。

「お前は見張りを怠（おこた）ったのか！」

「不覚でございました……！　濃い朝霧が湖の方角から流れこんできまして視界が悪くなった隙を突かれたようでございます……！　すでにベルシュタットの軍勢は迎賓館に踏みこんでおります、なにとぞご避難を！」

四半刻ほど前に、ブランシュはアーサーに伴われ、こっそりと迎賓館の敷地内に忍びこんでいた。

夜が明ける寸前で、辺りはまだ暗い。

迎賓館にほど近いところにベルシュタットの百を超える軍勢が息を殺して潜（ひそ）み、アーサーの合図を待つ。

それ以上の大軍となるとパルミナ側に気づかれてしまう恐れがあるので、残る手勢は王城に待機となった。

「こっちだ、ブランシュ」

アーサーが声をひそめる。

夜が明けきる前の短時間が勝負だそうなので、気ばかりが焦る。

ブランシュたちがクロムートを表敬訪問するのは、陽が高く昇ってからの予定になっている。

それまでの間にすべてを済ませなければ、奇襲の意味がなくなってしまう。

ブランシュの胸は不安にどきどきと昂っていた。

――本当に、大丈夫かしら。ファリーゼはここにいるのかしら。もし見つからなかったら、アーサーさまが別の方法を使うと言っていたけど……。

緊張のあまり息がうまくできない。

ブランシュの斜め前に立つアーサーが、腰を屈めて囁く。

「ブランシュ。この壁を越えるんだ。上がれるか？」

「はい」

男の子のような格好をしてきて良かった、とブランシュは心底思う。

ドレスではこうして足音を忍ばせて走ることも、壁を越えることもかなり難しくなっていたはずだ。

アーサーが少年時代に着ていたシャツとズボンを借りてきたので、動きやすい。

煉瓦を積み上げた壁はとても高くて、足を引っかけるようなものも少ない。

「隣の木の枝を伝ったほうが登りやすそう。そっちから行ってもいい？」

そう言うなり、するすると木に登る。

付き従っていたラズたちが感嘆したけれど、こんなこと、田舎育ちのブランシュにとっては朝飯前だ。

アーサーが、おかしそうに微笑む。

「なかなか活発な人生を送ってきたようだな」

助走をろくにつけずにアーサーが高い石壁を乗り越えて、ブランシュが到着するのを待つ。

湖から霧が流れこんできて視界が悪いので、注意を払いながら先へ進む。

先発部隊は全部で二十人ほどだ。

ブランシュとアーサーのほかは全員抜刀して、いつ敵と対峙してもいいよう常に周囲を見回している。

先頭に立って道案内をするのはラズだ。

中庭へ侵入し、裏庭の隠し通路を使って建物内へと入りこむ。階段を地下へ下りると、空気が途端に湿っぽくなる。

「ここの一帯が昔の牢獄だ。今は牢獄としては機能していないが、人を隠すには最適な場所だ」

迎賓館であるこの古城は、もとはベルシュタットの根城だった建物だ。

アーサーはこの古城の構造どころか、隠し通路や内部の抜け道も余すところなく知り尽くしている。

侵入するのは思っていたより簡単だった。

地下にも見張りの衛士がいたが、先発部隊が素早く彼らを襲撃し、黙らせる。

先刻潜(もぐ)りこんだラズたちは、ファリーゼがどの部屋に拘束されているかまでは突き止めることができなかった。

第一、ファリーゼの顔を知っているのはブランシュひとりだ。

年格好や名前を教えられていても、替え玉を使われたらどうしようもない。

危険な先発部隊に、ブランシュが同行している理由はそれだ。

人の気配のありそうな部屋を片っ端から覗(のぞ)いて、ようやく目当ての部屋を見つける。

先ほど倒した衛士たちのほかには、見張りもいないようだ。

「ブランシュ、この奥の部屋に何者かが居る。見えるか？」

アーサーに促されて、厳重に施錠された小部屋の中を、鉄扉の四角い窓から覗きこんで確かめる。

ちょっと遠いので見づらいけれど、ブランシュと同じ金色の髪は間違いなくファリーゼだ。

横向きになって眠っているようだ。

寝台のそばには水差しと、食べ残しらしいパンが置いてある。

室内には、他には誰の姿も見えない。

ひ弱なファリーゼでは自力で逃亡できないと踏んだらしく、監視の目はどうやら緩いらしかった。

「ファリーゼです、アーサーさま、弟です……！」

「声を立てるな」

嬉しさのあまり大声を上げそうになったブランシュを制して、アーサーが指図した。

「……ラズ」

「はい」

もとは牢獄だっただけあって、扉はとても頑丈そうだ。

鉄がところどころ錆(さ)びていて変な匂いがする上に、地下は外より冷える。

「こんなところにいたら、ファリーゼの病気がひどくなっちゃう……」

もどかしそうに扉の窓に顔を押しつけるブランシュの傍(かたわ)らで、ラズが専用の工具を持ってこさせて鍵を焼き切る。

がちゃん、と物々しい音を立てて鉄扉が開く。

兵士たちは、物音を聞きつけてパルミナの衛士たちがやって来ても対応できるように、一瞬たりとも気を抜かない。

ブランシュは真っ先に部屋の中に入り、物音に気づいて目を覚ましたファリーゼのもとへ飛びこんでいった。

「ファリーゼ！」

「姉さん!?　本物!?　一体どうしてここに……！」

「本物よ、ああファリーゼ！　無事で良かった……！」

寝台に身を起こしたファリーゼを、力いっぱい抱き締める。

「顔をよく見せて——思っていたより、顔色は悪くないわ。熱もないみたい」

「姉さんも元気そうで良かった……」

ファリーゼは、はっとしたように目を見開いた。

「ていうか、その格好はどうしたの？　ここは一体どこで、僕はどうして幽閉されているの？　姉さんは今までどこに」

「事情を説明している暇はない。とりあえず一度外に出るぞ」

アーサーが、やんわりとブランシュの身体をファリーゼから引き剝がした。

「感動の再会に水を差したくはないが、あまりのんびりしている時間はないんだ」

アーサーがそう言って、ファリーゼをじろりと見下ろす。

負けん気がブランシュより強いファリーゼが、むっとしたように唇を尖らせた。

「姉さん、この人は誰？」

「ベルシュタットの王さまよ。アーサーさま」

「そして、お前の姉の夫だ」

え、とファリーゼが仰天する。

訳もわからないまま見知らぬ場所へ連行され、幽閉された挙げ句にこれだ。驚くなというほうがどうかしている。

「どっ……⁉」

どういうこと、と叫びかけたファリーゼの口を、ブランシュが両手で押さえる。

「あとでゆっくり説明するから、今はちょっと我慢して！」

アーサーが、背後の兵士たちに合図を送る。事態は一刻を争うのだ。ぐずぐずしている暇はなかった。

アーサーが低い声で、告げる。

「ブランシュ、お前は弟のそばを離れるなよ。お前たちのことは護衛が守る」

「はい……！」

「行くぞ……！」

ベルシュタットの軍隊がひそやかに、そして迅速に動き出した。

アーサーが軍勢を率いて、クロムートのいる広間へ一気に踏みこんだ。

もともと王座として使われていた部屋だ。

ブランシュは足もとが覚束（おぼつか）ないファリーゼに寄り添って立ち、その光景をじっと見つめていた。

周囲は、アーサーの選んだ精鋭たちにしっかりと守られている。

一瞬にして武装した兵士たちが雪崩（なだれ）こみ、クロムートの取り巻きたちを壁際に追い詰めて制圧する。

「下がれ！　立ち入りを許した覚えはない！」

慌てふためく使用人たちとは反対に、堂々と立ち上がったクロムートがよく通る声で一喝した。

さすがの貫禄だ。

クロムートの四方八方はベルシュタット軍の兵士たちが囲み、抜き身の剣を突きつけている。

クロムートの顔が、憤怒に歪む。

「おのれ、この狼藉は一体何事だ！　無礼にもほどがあろう！」

剣を鞘から抜いたアーサーが、落ち着き払った態度でクロムートと向き合う位置に進んだ。

「早朝に失礼する、パルミナ王」

「アーサー……！　こんなことをして、ただで済むと思うな」

「承知の上だ」

アーサーがちらりと視線を投げた先、王座の間の出入り口に近いところに、ブランシュとファリーゼが立っている。

一瞥したただけでクロムートは、己の失態を悟ったようだった。

ファリーゼは、ブランシュを再び刺客にするための切り札だ。そのために、わざわざベルシュタットまで連れて来た。

「……我が影の者どもよ」

囁くよりも小さな声で、クロムートが黒騎士団を呼ぶ。

いつもなら呼ぶよりも早く、主君の危機には駆けつけるはずの男たちが、今回ばかりは駆けつける気配すらない。

クロムートが舌打ちした。

「疾く参れ！」

「あの影のような男たちのことだったら、呼んでも無駄だ。とっくに別動隊が制圧している」

「なんだと……⁉」

初めて、クロムートの顔に動揺が走った。

迎賓館の敷地内はどこもアーサー率いる軍が押さえ、抵抗を許さない。

クロムートの小姓や近習の男たちは縄をかけられ、武器を奪われ、青い顔をして隅に下がってしまっている。

アーサーはこの場を制し、堂々と口を開いた。

「――パルミナ王クロムートに告げる」

アーサーの声は少しも揺らがず、重々しく大広間に広がる。

「我が国への敵意を捨て、ただちにこの地より立ち去るがいい。そうすれば無用な血は流さない。それが……」

アーサーが、兵士たちに厳重に守られたブランシュをちらりと見てから続けた。

「私の最大限の慈悲だ」

「慈悲など無用」

クロムートが、薄ら笑いを浮かべる。

「誇り高い王らしく、我らふたりで潔く戦おうではないか。そなたとは一度、剣を交えたいと思っていた」

ブランシュはそれを聞いて青ざめた。

「アーサーさま、だめ……！」

ブランシュの叫びを耳にしつつも、アーサーは表情ひとつ変えず、クロムートの要求に応じる。

「――よかろう。剣を抜け、クロムート。手加減はしない」

兵士たちが王座の間の中央を開け、そこでふたりの王が向かい合うさまを、ブランシュは息を詰めて見つめていた。

今にも飛び出していきそうなブランシュを、ファリーゼが押さえる。

「では、剣を――」

懐に手を伸ばしたクロムートがにやりと笑い、懐から短銃を引き抜きざま、アーサーめがけて発砲する。

アーサーが咄嗟に避けたため弾はからくも外れて、金細工のある柱に当たった。

「お父さま、なんて卑怯な真似を……！」

「何が卑怯だ。戦いは勝てばよい。それが世の理というものだ」

余裕たっぷりにクロムートが笑い、短銃を構え直す。

周囲は慌てて壁に身を寄せたが、クロムートの狙いはアーサーただひとりだ。

「皆、外へ避難しろ！」

アーサーが鋭く指示を飛ばして剣の柄を握り直す。アーサーは銃を帯同していない。

形勢はあっというまに逆転した。

クロムートが、アーサーに向かって銃を撃つ。

狙いは正確だ。

すんでのところで避けたアーサーが、床を転がる。頬を銃がかすめたらしく、一条の血が滲んでいた。

「アーサーさま……！」

「来るな、ブランシュ！」

「ええい、小賢しい！」

クロムートが連続して引き金を引く。

素早く立ち上がったアーサーは柱の影に飛びこむ。

「ブランシュ、お前は早く外に……っ！」

太い柱に、弾が撃ちこまれて白煙が立ち上った。

「お父さま、もうやめて………！」

ブランシュが叫ぶその声も、クロムートの耳には届かない。

銃声が何発も王座の間に響き渡り、装飾の見事な柱や壁にいくつも穴が空けられひびが入り、焦げ臭い匂いと煙とが充満する。

物陰から飛び出したアーサーが、長剣を一閃させた。

「……っ！」

銃を跳ね飛ばされ、クロムートが激昂する。

アーサーが煙に目をやられ、わずかによろめく。

その隙に、クロムートは素早い身のこなしで床に落ちた銃に飛びついた。

「勝者は最後に笑うものなのだ！　アーサー、覚悟！」

クロムートが引き金を引く。

「アーサーさま！」

ファリーゼや兵士たちに必死に押し留められながら、ブランシュが悲鳴を上げる。

けれど。


銃声は、聞こえなかった。


「…………？」

ブランシュが目を瞬かせる。

「なんだ、一体どうしたというんだ……!?」

クロムートが焦って銃を闇雲に撃とうとする。

「――弾切れだな」

アーサーが、冷静に答えた。

クロムートがぎりぎりと奥歯を嚙み締める。

「貴様、そのつもりでちょこまかと……！」

武器を失ったクロムートを、兵士たちが包囲する。

アーサーが、切っ先をクロムートの喉もとに突きつけた。

「負けを認めろ、クロムート」

「ブランシュ！」

クロムートが両手を拘束されながら叫ぶ。

「父に恩を返せ！　お前がこの世に生まれたのは、儂がいたからだ！　その恩を忘れるな！　アーサーを、殺せ……っ！」

金色宮殿にいたころは、父王に服従していた。

クロムートの命令には、すべて従ってきた。

恐ろしくて、逆らうことなど考えもしなかった。

でも今は違う、とブランシュは爪先が皮膚に食いこむくらい拳を強く握る。

震える声で、蒼白な顔で、はっきりと答える。

「——私はお父さまの道具ではありません。私は、もう、お父さまの命令には従わない……！」

アーサーが、嬉しそうに瞠目する。

クロムートは怒りのあまりどす黒い顔をして、腕を拘束する兵士たちを薙ぎ払った。

「どけ！」

誰の目にも止まらない速さで左手中指の指輪に隠された秘薬を仰ぐ。

「アーサーよ、見るがいい！　これが誇り高い王の最後だ！」

クロムートはその場で雷に打たれたように硬直し——やがて、両目をかっと見開いたまま、仰向けに倒れた。

王冠が外れて、床に転がる。

クロムートは一瞬のうちに、絶命していた。

【8】

クロムートが自害した。

たったひとりの人物の死が、両国を大きく揺るがした。

あわやパルミナと開戦という危機に陥り、アーサーはその処理に奔走（ほんそう）している。

パルミナ国王がベルシュタット王家の所有する古城の中で、唐突に不審死したのだ。パルミナ側の反発は厳しいものとなり、すべての事情を冷静に説明できる第三者はいないに等しい。

両王家に関わりがあるのはブランシュひとりだ。

アーサーはブランシュを王妃の間に戻し、厳重に警備をさせている。

パルミナの混乱と動揺は相当なもので、王城は毎日慌ただしく落ち着かない。おまけに近隣諸国がこの騒動に目をつけ、つけいる隙を虎視眈々（こしたんたん）と狙っている。

問題が山積みのアーサーは、執務室から出る暇もない。

ブランシュは古城から戻ってからというもの、アーサーの顔を見ない日が続いていた。

その代わりに、ファリーゼがそばにいることをアーサーが許可した。

客人扱いで王城に部屋を貸し与えられているものの、このところ調子の良いファリーゼは、ブランシュの部屋に入り浸っている。

「姉さん。大丈夫……?」

ブランシュは、気を抜くとつい、放心してしまう。

父王の死に様が凄絶(そうぜつ)すぎて、すぐには受け入れることができない。

決して愛していたとは言えない父親だけれども、毒を仰(あお)いで死んだという事実には馴染(なじ)めない。

精神的にはとっくに訣別していた親娘だけれど——この衝撃は、和らぐまでには時間が必要そうだった。

「ファリーゼ。どうしたの?」

ファリーゼがブランシュのそばを離れないのは、ブランシュのことを心配しているからだ。

いざというときにブランシュがとても繊細(デリケート)になることを、弟はよく知っている。

「どうしたの、じゃないでしょ。僕より青い顔をして」

アデーレたちが気を利かせて、ファリーゼのために椅子を運んできた。姉弟揃って窓際に腰かけ、湖を眺めながら、静かに話をする。

小雨が降っていて、空気がひんやりと冷たい。アデーレが、暖かな膝掛けを用意した。

「ごめんね。私は大丈夫。ファリーゼこそ、最近だいぶ元気になったみたい。良かったわ」

「身体が大きくなって、少しずつ丈夫になってきたのかな？　食事は美味しいし、お医者さんに診察もしてもらっているし。僕までこんなに丁寧にもてなす必要ないのに」

姉さんの立場って複雑だよね、とファリーゼが重いため息をつく。

「複雑？」

「そうでしょ？　アマリーアの村にいたときは、国王陛下の娘だっていうことは神父さま以外の人には秘密にしていたし、ベルシュタットの王家に嫁ぐなんて考えたこともなかったわけじゃない？」

ファリーゼは賢そうな横顔をブランシュに見せたまま続ける。

「僕だって、姉さんが行方不明になって必死に捜している間にベルシュタットに連れてこられて、国王陛下自害を見届けた。軍人でも大貴族でもないのに」

ファリーゼが椅子の上に足を上げ、両膝を抱えこむようにして座り直す。少し寒くなってきたらしい。

アデーレが気づいて、窓を閉めた。

「まあ僕は王家と血の繋がりがない分、気楽なものだけど」

「私だって当事者じゃないわ」

「充分すぎるくらいの当事者でしょう。クロムート国王陛下の娘で、ベルシュタット国王のお妃なんだから」

ベルシュタットにとってもパルミナにとっても、ブランシュは重要な位置にいる。

「騒ぎのまっただなかにいるのはアーサーさまよ。おかげで眠る暇もないくらい忙しいんだもの」

お茶の用意をするために、アデーレが部屋から下がる。女官たちも遠巻きになった隙に、ファリーゼは声をひそめて囁いた。

「アーサーさまは、姉さんのことをどうするつもりなんだろうね」

「どう、って?」

「だって、今の姉さんはすごいことになってるよ。ベルシュタットがもしパルミナとこのまま開戦することになれば、僕たち姉弟は人質だ。何せ、クロムート国王陛下の血を引いた王女だもの」

「パルミナの人たちは、私のことなんて知らないわよ」

「知ってるよ。パルミナ・ルルドから花嫁行列を組んでベルシュタットへ輿入れしたでしょう。名前は知らなくても、王女殿下がいたんだって噂にはなってたよ」

「そうなの⁉」

「――姉さんって、肝心なところでぼけぼけだよねぇ……」

「私は、ファリーゼみたいに頭が回らないの」

戻ってきたアデーレが、テーブルの上に温かい飲み物を支度する。

「陛下は今、開戦を回避するために日夜話し合いを続けられているようですわ。パルミナの中でも強硬派と軍隊が特に好戦的だそうで……どうなるのかしら」

アデーレも不安そうだ。

「ラズが言うには、ベルシュタット内でも交戦派に傾いてきた人が多いそうですの。どうして殿方って、戦争ばかりしたがるのかしら」

窓の外では、雨がしとしとと降り続く。

憂鬱な天気は、今のブランシュの気持ちにぴったりだった。

お茶を楽しむ気にもなれない。

「アーサーさまは、何て言ってるの？」

「開戦派を押しとどめておいでですわ」

アーサーはとても強いけれど、戦争を好んでいるわけではないことをブランシュは知っている。

――アーサーさまは、自分から戦争はしない。ベルシュタットを守ることを誰よりも考えている人だもの。

「パルミナ王家には嫡出子がいないし、腹違いの弟たちがたくさんいるから……それも、厄介なんだろうね」

ファリーゼが大人びた様子でつぶやく。

まあ、とブランシュは軽く驚いた。

「どうして、ファリーゼがそんなことを知っているの？　王家のことは重要機密のはずよ」

「神父さまがこっそり教えてくれたんだ。勉強を教えてくれるついでにね。アマリーアの神父さまはもともとパルミナ・ルルドにいた人だから」

「そうだったの……！」

「僕はパルミナへ帰れたら、もっともっと勉強したい。神父さまみたいに色々なことに詳しくなって、その知識をパルミナのために役立てたい」

ファリーゼはそう言って、だいぶ血色の良くなってきた唇をきゅっと噛み締める。

このところファリーゼは少し元気になってきたせいか、こういう、おとなびた表情を見せることが増えてきていた。

「そのためにも僕は、頑張ってこの身体を治すよ。先は長そうだけど、気長にやることに決めたんだ」

ブランシュは微笑む。

「ファリーゼらしい夢ね」

「姉さんは、これからどうするの？」

「私？」

ファリーゼは、屈託ない弟の表情に戻ってこくりと頷く。

「婚礼の誓いまで立てているから、まさか王城を放り出されるなんてことはないと思うけど。でも、アーサーさまとは離れる決心をしないといけないかもしれないよ」

気遣わしげな視線に、ブランシュの心臓が嫌な音を立てる。

「だってパルミナと戦争になったら、このままここにいるわけにはいかないでしょう？」

考えてもみないことを言われて、ブランシュは目を丸くした。

「え」

「姉さんが人質に取られるようなことは、僕、嫌だよ。それに両国の関係だって今後は変わってくるかもしれない。名目上は王妃のままでも、どこかで一生幽閉されるとか冷遇されるとか、最悪の事態も考えておかないと」

「そんなことになるの……!?」

「仮定の話。僕が見た限りじゃ、アーサーさまは姉さんを大事にしてくれているように見えるけど。でも、状況が変わったらどうなるかはわからない。その前に、姉さんがベルシユタットを出たほうがいいのかもしれない」

「────っ！」

ブランシュが、弾かれたような勢いで立ち上がった。

そのまま走りだす。

「姉さん、待って！」

「ブランシュ姫さま、どちらへ!?」

ファリーゼとアデーレが、慌ててあとを追う。

アーサーはちょうどそのとき、連日連夜続いた会議をようやく終えて、一息つこうとしていたところだった。

ラズをはじめとする重臣たちを下がらせ、小さく息を吐いて、襟もとを寛げる。

開戦はなんとか免れ、パルミナとの折り合いもつけた。アーサーの、並々ではない苦労と忍耐の末の粘り勝ちだ。

「……なんとか一段落だな」

残っていた書類は後回しにすることにして、ブランシュのもとへ向かおうとする。

そこへ、顔色を変えたブランシュが飛びこんできたのだ。

「アーサーさま！」

「ブランシュ⁉」

息を切らしながら駆けこんできたブランシュの姿に、アーサーは呆気に取られたような顔をする。

「どうした。一段落ついたから、これからお前の部屋に行こうと――」

「私、嫌です！　アーサーさまと離れるのは嫌！」

「………何を言っているんだ？」

脈絡のつかないことを言われて、アーサーがさすがに事情を把握できず、首を捻る。

そのアーサーの胸にしがみついて、ブランシュは生まれて初めてというくらい大きな声を上げて叫(さけ)んだ。

「やだ、絶対にやだぁ…………っ！」

「うん？　一体何をそんなに興奮して――」

アーサーが、当惑しながらもブランシュを抱き留める。

「申し訳ございません陛下！　ブランシュ姫さまがいきなり走りだされて」

必死に追いかけてきたアデーレが、大きく肩を上下させながら入ってきた。

ブランシュの勢いに蹴散(けち)らされた警備兵たちや、執務室の当番兵はその背後で、困惑したように執務室の中を覗(のぞ)きこむ。

アーサーが執務を執り行う部屋だ。

アーサーの許可なしに立ち入ることができる人間は、ごく限られている。

ぜいぜいと息を切らせたファリーゼは、腰が引けた様子で執務室の扉の下で立ち止まっていた。

「姉さん、こんな執務室なんて、断りもなく入っちゃだめ……！」

「お止めしようとしたのですけれど、ブランシュ姫さま、足がとてもお速くて……間に合いませんでしたわ」

疲れ切ったアデーレが胸を手で押さえ、呼吸を整える。

「ファリーゼさま、大丈夫ですか？」

「はい。一応」

その間もブランシュはアーサーの胸に顔を埋め、必死になって縋りつく。

「アーサーさまと離れるのは嫌……！　人質でもいいから、私をパルミナへ帰さないで……！」


「どうだ。少しは落ち着いたか？」

立って櫓を漕ぐアーサーが、かすかに笑みを含んだ声で尋ねる。

ブランシュは小舟の上で小さくなったまま、頷いた。

真っ赤になった顔を頑なに上げようとしないブランシュを見て、アーサーがくっくっと笑いを噛み殺す。

ブランシュは先程までの取り乱しようを思い出すと、このまま消えてしまいたいくらい恥ずかしくて仕方ない。

「……はい」

雨は、いつのまにかやんでいた。

たっぷりとした水の匂いが一面に満ち、しっとりと肌にまとわりつく。

夜なので空気がひんやりと冷たく寒いほどだったけれど、火照った頬にはむしろちょうどよかった。

ぎいぎいと軋んだ音を立てて、船尾に立ったアーサーが櫓を操り、夜の湖面を進んでいく。

「見てみろ、ブランシュ。あそこに、遠ざかっていく明かりがあるだろう。夜釣りを終えた漁師が岸に戻っていくところだ」

「夜釣り?」

「明かりに引き寄せられて集まってくる習性がある魚がいる。漁船の上に明るい火を灯して魚をおびき寄せるんだ」

「魚なのに、明るいのが好きなの?」

アーサーはブランシュを連れて、水門から湖へと漕ぎ出していた。

小さな小さな、大人が数人乗ればいっぱいになってしまうような手漕ぎ舟で、湖を滑るように進む。

「そら、あっちは湖畔の村だ。小さいが物見塔が立っているのが見える」

「本当だ……！　昼のうちに見える景色とは、全然違う」

蕾(つぼみ)を閉じたままの月見草の群れが、川風にゆらゆらと揺れている。

景色に気を取られて、ブランシュはようやく顔を上げる。

転落したあとも小舟に乗ったけれど、こんなふうに景色を堪能する余裕はなかった。

雨雲が流れ去って、雲の隙間から星空がわずかに顔を覗(のぞ)かせる。夜の湖はとても綺麗で、そしてどこか神秘的だった。

水面に手を伸ばしたところで、背後から静かに声をかけられた。

「あまり身体を乗り出すと、落ちるぞ。また溺(おぼ)れたくなければ座り直せ」

「はい」

言われたとおりに座り直して、ブランシュはアーサーの姿をじっと見上げた。

夜の中に佇(たたず)むアーサーは美しく、格好良かった。

馬で風神のように駆けている様子も素晴(すば)らしいけれど、こうして湖の上に立つと、まるで湖に棲(す)む龍神のようにも見える。

「――気を落ち着かせたいときは、私は時々こうやって湖に出る。水の上にいると落ち着くだろう」

「はい、とっても！」

「朝や昼も良いが、夜の湖は格別だ。天と地の境目が曖昧になって、その中にいると気が晴れるし頭も冷える」

お前の話をもう一度、じっくりと聞かなくてはいけないからな、と、アーサーの瞳の奥が笑っている。

「それで、何だったか――ああ、そうだ。お前は私と別れなくてはならないのかと思って、血相変えて飛び出してきたんだっけな？」

満足そうに蒸し返されて、ブランシュはまたしても耳の端まで赤くなる。

「……もう言わないで……！」

ファリーゼが悪いんだわ、と口の中でぶつぶつ文句がとまらない。

「だって、ファリーゼったら、あんな風に不安を煽らなくてもいいのに」

頭の良いファリーゼがあんなことを言うから、アーサーと離れなくてはならないのかと思って不安になった。

居ても立ってもいられなくなって、そのまま走りだしてしまったのだ。

――自分でもあきれるくらい子どもっぽいことをしてしまった……。

人前で我を張って泣き叫ぶなど、少し前までなら考えられないことだった。

「アーサーさまが私をあまやかすから、私、どんどんわがままになっちゃう」

「そう怒るな。弟も、お前のことが心配だったんだろう。お前が本当に私を愛しているのかどうか見極めようとして、わざと不安がらせたと言っていたぞ」

「ファリーゼったら……！」

ファリーゼは言ったのだ。

ブランシュに聞こえないように、アーサーにだけ聞こえるように。

『姉を、よろしくお願いします』と。

「心配して執務室に駆けこんでこなくても、私はお前を離しはしない。パルミナとの件も解決の糸口は摑んだ。多少時間はかかるが、うまくまとめてみせるさ」

「本当に⁉」

「もちろん。私を誰だと思っている」

アーサーが笑う。

櫓を置き、ブランシュの背中を温めるように腰を下ろして囁きかける。

「お前は私のものだと言っただろう？」

温かい腕に包まれ、優しい声を耳に吹きこまれて。

ブランシュはうっとりと吐息を零す。

こうやってアーサーはいつも、ブランシュの不安を蹴散らすのだ。

身をよじって、黒い双眸をじっと見上げる。

「……アーサーさま。私、アーサーさまから離れなくていい……？」

「当然だ」

アーサーが至極当然だというように、きっぱりと肯定した。銃弾がかすめた頬の傷は深くなかったようで、もう痕も見えなくなっている。

「本当に？」

「ああ。本当だ」

ブランシュは、それでもまだ信じられない。

「ファリーゼはたぶんまだ知らないの。私が、アーサーさまを殺すための刺客だったこと」

ブランシュがうつむくと、アーサーがブランシュの両手を握る。

「……そういえばそうだったな」

「お父さまは、アーサーさまを撃った」

「かすり傷だ」

「アーサーさまが許しても、皆がだめだって言ったらどうなるかと思って……そう思ったら息ができないくらい苦しくなって」

「……ああ」

訥々と語る声に耳を傾けていたアーサーが、痛ましそうに目を眇める。

「お前がそうやって不安がっているだろうとは思ったんだが、忙しすぎてすぐには時間が取れなかった。悪かった」

いいえ、とブランシュは首を振る。

「アーサーさまさえ無事なら、なんだっていいの……！」

「ブランシュ」

優しい口づけが降ってくる。

ブランシュは、ゆっくりと目を閉じた。

目の端から、真珠のような涙が一粒、静かに転がり落ちた。


王城へ戻るまで待てなくて、ふたりは湖にある浮島のひとつへ上がっていた。ベルシュタット王家専用の、小さな聖堂が建つ島だ。

夜の間は誰も居ない。

そこへ小舟を乗り上げて、アーサーはブランシュを抱き上げ、小さな四阿（あずまや）へと連れて行った。

我慢できたのはそこまでで、四阿の中で恋人たちはどちらからともなく口づける。

「アーサーさま……」

唇をちゅっと音を立てて重ねながら、ブランシュが訴える。

ブランシュは、四阿のベンチに腰かけたアーサーの膝の上に、横向きに抱き上げられていた。

「ここで全部脱ぐのは、いや……」

恥ずかしいのだ。

ブランシュはまだこういったことに慣れていない。

外で、なにも遮（さえぎ）るものがない場所で抱かれるなんて、恥ずかしすぎる。

アーサーは優しい微苦笑を浮かべた。

「大丈夫だ。誰も見ていないし、お前が望むようにしてやる。だから、安心して身を預けろ」

アーサーがブランシュのドレスを緩め、手を潜（もぐ）りこませて白い肌にじかに触れていく。

優しい愛撫に、ブランシュの身体が嵐のような官能を思い出す。

羞恥心(しゅうちしん)は、あっというまに溶かされてしまった。

「すなおなのは可愛いが、あまりすなおすぎると心配になってくるな……いいか。本当に嫌だったり怖かったりすることは、きちんと言え」

ブランシュに関してのみ、やたらと過保護になってしまったアーサーが、そう言って聞かせる。

ブランシュはにっこり笑って、こくんと頷いた。

「はい」

長くて節の目立つ男らしい指が、ブランシュのすべてに情熱的に触れていく。つむじから耳たぶ、うなじ、首筋、肩、鎖骨。

うなじを擦られると、くすぐったいのと同時に、肌が粟立(あわだ)つような快感が走って、ブランシュはびくっと肩をすくませる。

その間にも、アーサーの手は肌着の中に潜りこみ、下肢の付け根のその奥へと忍びこむ。もう片方の手は、ブランシュの胸を絶えず刺激し続けていた。

瞼(まぶた)にも手の指先にも、熱い口づけを落とされる。

アーサーにとっては、ブランシュの爪ひとつでさえ愛おしいのだと、態度で教えられる。

濃密なしぐさはあまやかされているようであり、焦らされているようでもあった。

だんだんと細い腰が揺れて、ブランシュが熱っぽい吐息を紡ぎ始めるようになっても、アーサーのあまやかしはまだまだ終わらない。

「アーサーさま……もう……」

ブランシュが恥ずかしそうにねだっても、応じない。

「まだだ。たっぷりと楽しませろ。ここ数日お前を抱きたくても我慢するしかなくて、欲望を抑えるのにどれだけ苦心したことか」

「そんな……っ」

ブランシュは、先ほど全裸になるのはいやだと言ったことを早くも後悔し始めていた。

——だって、ドレスを脱がされずに緩められるほうが、何倍もいやらしいなんて知らなかったわ……！

半分脱がされている状況はとてもみだらで、ブランシュは見ていられなくて、思わず自分の身体から目をそらしてしまう。

四阿の中で、ふたり、身体ごと絡め合わせるように座って抱き合っている。

ドレスの裾は膝上までめくれ上がり、胸もとはかろうじて隠せているものの、不埒な手が胸を揉みしだき、先端の赤い凝りを翻弄する。

「だめ、もうだめ……！」

恥ずかしさに耐えられなくて、ブランシュは身をよじって逃れようとした。けれどすんでのところで思いとどまり、身体の力を抜く。

――私がいやがったら、アーサーさまが傷ついてしまう。

そんな思いを読み取ったように、アーサーが満足そうに笑った。

「よく我慢したな。偉いぞ、ブランシュ」

「う～……」

「唸(うな)るな。まったく愛らしい生き物だな、お前は」

「アーサーさま、結局脱がせるつもりでしょう……っ」

「もちろんだ」

「恥ずかしいのに」

「恥ずかしがる様子すら愛おしいのだから、仕方あるまい」

さらりと臆面もないことを言われてしまっては、もう抵抗できなかった。

アーサーに触れられると、ブランシュの身体は力が入らなくなってしまうのだ。

「ブランシュ」

アーサーに唆(そそのか)されて、ブランシュは震える手でアーサーの上着を滑り落とさせ、シャツもはだけさせた。

引き締まった見事な素肌から、男の汗の匂いが立ち上る。

剣の匂い、馬の匂い、王城を吹き抜ける風の匂い、ベルシュ湖の匂い。

アーサーが身にまとう香りと汗の香りとが混じって、その香りを胸いっぱいに吸いこみ、ブランシュは幸福のあまり深い深いためいきを零した。

ブランシュを誘惑し、それでいて安心させる不思議な香りだ。

切ないような飢えるような、こころもとない寂しさに胸が締めつけられて苦しい。

これらの感情をひっくるめて、きっと、官能と呼ぶのだろう、と思う。

「こっちもだ」

雄々しく隆起した下半身の付け根を示されて、ブランシュは今度こそ真っ赤になって狼狽えた。

「でも、それは……その……」

「だめだブランシュ。今夜は許さない」

あまく厳しく命令され、ブランシュは恐る恐る、アーサーの下肢に手を伸ばした。

アーサーの胸に片手をあてがい、もう片方の手でアーサーの太ももに軽く触れてから、ズボンで隠された場所へと指を触れさせる。

その間にもアーサーの指がブランシュの下肢を弄（まさぐ）り、蜜壺に指を抜き差ししているのだから、ほとんど頭が回らない。

「早くしろ」

アーサーの声は、媚薬のよう。

ブランシュは下肢から広がる痺（しび）れるような快感に熱い息を吐きながら、恐々とアーサーの腰の辺りの留め具を外して、布地を少し緩めた。

窮屈（きゅうくつ）そうにおさまっていたものが、ぐっと押し出してくる。

アーサーのものをじっくり目にするのは、これが初めてだった。

――今までは、そんな余裕は全然なかったもの。

怖々と視線を向けるブランシュを、アーサーが熱っぽい眼差（まなざ）しで見守っている。

「あ……」

大きく漲（みなぎ）るものは赤黒く、ブランシュが想像したこともなかったような形をしていた。

ブランシュが見ている間にもずくりと脈打ち、ますます興奮の度合いを増していく。

まるで、猛々（たけだけ）しい獣の化身のよう。

「どんなふうに……触ればいいの……？」

羞恥に身を震わせながら尋ねると、アーサーがごくりと唾を飲む音が聞こえた。ブランシュの心臓が、呼応するようにどくんと脈打つ。

アーサーが、ブランシュの愛撫を待ちわびて興奮しているのだ。

——アーサーさまに、喜んでほしい。

ブランシュにできることなら、なんでもしてあげたい。

——経験もないし、つたなくて呆れられてしまうかもしれないけれど、私にできる精一杯のことをしたい。

並々ならぬ覚悟を決めた表情で、ブランシュがつぶやく。

「……初めてだから下手かもしれないけど、怒らないで……？」

さらなる官能の予感に、アーサーの声も熱を帯びる。

「怒るものか。始めは、軽く握るだけでいい。先端を撫でてみろ」

「は、い」

命じられるままに手を動かす。

ぬるりとしたものがまとわりつく先端をためらいがちに撫で、すぐに手を離しては、また覚悟を決めたように指先で触れる。

「怖いか？」

「いいえ。でも、熱い……！」

たどたどしい愛撫は、アーサーの獣性をかえって煽った。

荒く呼吸を乱しながら、ブランシュが奉仕しているさまを堪能する。同時に、ブランシュのもっとも弱いところを強すぎるくらいに刺激することも忘れない。

ブランシュはいつのまにか胸が露わになっていることも気づかず、腰を震わせ息を震わせながら、懸命にアーサーの命令に従っていた。

「上下に擦り立てろ。もっと強くだ」

「……あ、あ……っ」

お互い一気に頂点を極めそうになったところで、アーサーが指を引き抜く。

「あ……はぁっ」

「ここに来い。足を開いて、私の上に腰を下ろせ」

「え、そんな……あ、あ、だめ、アーサーさま……っ」

アーサーがブランシュを抱き上げ、自分の膝の上に跨らせる。

腹を打つように立ち上がる雄芯が、ブランシュを待っている。

ブランシュは仰け反って抵抗した。

「だめ、急にそんな……あーっ！」

滾りきったものに真下からずんと貫かれ、白い背中が耐えきれずに痙攣した。

がくがくと震えるブランシュを抱き締めて、アーサーも快楽を追い始める。

挿入された衝撃的な痙攣からまだ逃げきれないでいるブランシュの喉から、滴り落ちるような嬌声が迸（ほとばし）った。

「だめ、アーサーさま、まだ、動いちゃ、いや……！」

視界に火花が散るほど深く貫かれて、強すぎる快感に溺れるように仰け反って喘（あえ）ぐ。

「待って、お願い、アーサーさま怖い……！」

言いながら気づいて、しがみつく。

手を伸ばし、目の前のアーサーの肩に縋りつくように腕を伸ばし、男らしい素肌に額をすりりと擦り寄せる。

怖いときはアーサーにしがみつけばいい。

そうすれば怖くなくなる。

そうしろと言ったのはこの人だ。

「……ブランシュ」

低い声が、愛おしそうに名前を呼ぶ。

その声を聞いた途端。

ブランシュの身体の奥深くが、きゅんと疼（うず）いた。

あまい疼きがびりびりと全身に広がって、触れ合う素肌がぐずぐずに溶けてしまいそう。人目がないとはいえ四阿で抱き合うことも、耐えきれないくらいの快楽を注ぎこまれることも、もう怖くなかった。

「アーサーさま……」

「私がほしいと言えるか？　愛してほしいと、その口ではっきり言えるか？」

アーサーは、ブランシュの望みをすべて叶えてくれるのだ。

アーサーは絶対に嘘をつかない。

約束を破らない。

だからブランシュは、こくんと唾を飲みこんでから、ひっそりと囁いた。

「アーサーさま。私を……愛して、ください。私は一生、アーサーさまと一緒にいたい……！」

「やっと言ったな！」

目を輝かせたアーサーが歓喜して、突き上げが激しさを増す。アーサーの膝の上で、ブランシュは身体が大きく上下するほど揺すり上げられる。

最奥を何度も激しく突き上げられ、慣れない身体に限界はすぐやってきた。

「や……、アーサーさま、もう……！」

白い素足が、きゅっと宙を摑む。

細すぎて頼りない太ももをしっかりと捕まえて、アーサーも低く呻いた。

「くそ……もうか。ブランシュ、一度出すぞ…………！」

「あーっ……！　……っ！　…………っ！」

どくどくとこめかみが脈打つ。

胎内に白濁を注ぎこまれ、ブランシュは一瞬全身を硬直させたあと、ゆっくりと手足を弛緩させていった。

「おっと」

はあはあと悩ましく息を喘がせるブランシュを、アーサーが自分の胸にもたれかからせる。

「愛している、ブランシュ。お前は私のものだ」

汗にしっとりと濡れた金茶色の髪に、唇を押し当てて告げられる。

「同時に、私はお前のものだ」

官能の余韻に浸るブランシュが、うっとりと幸せそうなため息を零した。

「聞こえたか？」

「──はい。嬉、しい……アーサーさまが、私のもの……！」

「そうか。なら、もう一度だブランシュ。まだ足りない」

そう言って、アーサーがくるりと体勢を入れ替える。

木の固いベンチに背中を押しつけられながら足を大胆に開かされ、ブランシュはまだ身体が痺れていて身動きひとつ取れない。

「アーサーさま、私、まだ身体が鎮まっていなくて……っ」

「何度だって痺れさせてやるからちょうどいい。帰りは眠っていればいい。私が連れ帰ってやるから心配する必要はない」

「その心配はしてなかったけど、でもあの、ちょっと待って。お願いだから、もうちょっとだけ待って……！」

「……仕方ない」

「え」

ぐい、と押し当てられた腰をそのまま進められる。

「あ……っ」

すっかり完全な勢いを取り戻していた怒張を埋めこみながら、アーサーが色悪に微笑んだ。

「このまま動いてほしいと言うまで、待っていてやろう。好きなだけ休めばいい」

奥深くまで身体を繋げた状態で、休めるはずがない。

ブランシュは不満そうに頬を膨らませたけど、できる抵抗はそれだけだった。

「こんなことをされたままで、休めない……っ」

快楽は熾火（おきび）どころか炎のようにじくじくと身体を炙（あぶ）っていて、たくましい昂（たかぶ）りを再び受け入れた蜜壺は勝手に収縮し――ブランシュの身体のすべてが、アーサーの濃厚すぎる愛撫に嬉しそうに応えていく。

蕩（とろ）けていく。

蕩けさせられていく。

「ひ……いっ」

腰が勝手に悦楽（えつらく）を求めて蠢（うごめ）くのを、アーサーの両手がしっかりと押さえこんで離さない。

「っん……！」

金茶色の髪を振り乱して快感をなんとか逃がそうとしていたが、やがてブランシュは耐えきれなくなって懇願した。

「お願いアーサーさま、なんとかして……！」

「どうしたんだ？　私にわかるように、はっきり言ってみろ」

「アーサーさまの意地悪！」

けれど、ほしがっているのは事実だ。

切羽詰まった感情に、呂律(ろれつ)すらろくに回らない。いつもより格段に舌足らずな声音で、ブランシュはアーサーの最後の理性を奪い取る。

「気持ちがよすぎて、もうどうしたらいいのかわからない……助けて……思い切り、動いて…………！」

「——上出来だ」

「あぁ……っ！」

息もつかせないくらいの情交が始まる。

夜の湖には、聞き耳を立てる者は誰も居ない。

静寂が、恋人たちのあまやかな呻き声を押し隠した。

【9】

城門前の大広場で、ブランシュは用意の整った黒馬と一緒にアーサーがやってくるのを今か今かと待っていた。

見事なたてがみをきちんと梳いて、鞍(くら)をかけられた馬は待ちきれずに足踏みをし、待ちきれないように嘶(いなな)く。

その隣でブランシュは、嬉しそうに片手を振った。

「アーサーさま、ここです！」

ラズから何やら受け取りながら、アーサーが近づいてくる。

夜が明けて霧も晴れた王城内は、きらきらと晴れやかな陽光を浴びて美しい。アーサーの黒髪も、朝陽を浴びて鮮(あざ)やかにきらめく。

「待たせたか？」

「いいえ」

「行くか」

ブランシュは簡素なドレスを着て、動きやすいように髪を緩くまとめている。

アーサーもことさら飾り立てない無造作な姿で、ひらりと愛馬に跨がった。ブランシュも、アーサーの腕の中にすっぽりと収まる。

「行ってくる。あとを任せたぞ」

今日はラズも同行しないので、穏やかに微笑んで見送った。

「かしこまりました。お気をつけて」

今日は、ブランシュとアーサーはふたりきり、水入らずで過ごす約束をしている。

豪華な食事もドレスも宝石もあまり必要としないブランシュが、初めて願い事をしたのがこれだった。

『アーサーさまとふたりで、ゆっくり過ごしたい』と。

その言葉を聞いてからというもの、アーサーはものすごい勢いで書類を片付けた。ラズはその点で、ブランシュに感謝してもし足りない。

ブランシュは、背後のアーサーを振り仰いだ。

「ラズと、何かお話していたでしょう？　急ぎの用事ではないの？」

「違う。手紙を届けに来ただけだ」

「お手紙？」

「お前宛てだ」

アーサーがそう言って、懐に挟んでいた手紙を手渡した。

揺れる馬上でブランシュが手紙を開く。

「私に？　誰から……？」

手紙は、ファリーゼの字で綺麗に綴られていた。

パルミナへ戻ったファリーゼは、アマリーアの村には戻らなかった。

アーサーの口利きもあって、パルミナの貴族の家に養子として引き取られ、勉強を続けているのだ。

「良かった、新しいご両親はとても優しいって書いてあります。新しい教育係もついて、毎日がとても楽しい、って。パルミナ・ルルドも平和で明るくなってきたって書いてあります！　わあ、アマリーアの神父さまからの手紙も同封されているわ！」

ブランシュが喜んで声を張り上げる。

「その神父には、私も一度会ってみたいものだな」

手紙は、あとでゆっくり読むことにした。

ブランシュが、大切そうに胸ポケットにしまいこむ。

黒馬が、勇ましい足音を立てて跳ね橋を渡る。

この感覚も、今ではブランシュはもうすっかり慣れて怖くない。むしろ、わくわくする気持ちを抑えることができない。

「さて、まずはどこへ行こうか」

アーサーが尋ねる。

ブランシュは、にっこり笑って答えた。

「タタンの市に行きたい！　そこで朝ご飯を一緒に食べましょう。あの広場で、火の前に座って」

タタンの市がすっかり気に入った様子のブランシュに、アーサーも相好を崩す。

「ああ、そうしよう」

今日は一日、ブランシュが好きなところへ連れていくと約束してもらっている。

王城の食事も美味しいし、暮らしぶりに不満はないのだけれど、あちこちを見て回るのもとても楽しい。

治安の良い地域に限ったことではあるけれど、ブランシュは時々、アーサーの視察にも同行させてもらえるようになった。

ベルシュタット王妃としての勤めを、少しずつ始めているのだ。

「お腹がいっぱいになったら、湖畔を一緒にお散歩したいの。いいかしら？」

「楽しそうだな。そのあとはどうする？」

「それから……？　そのあとは、ええと……」

正直なところ、そこまでしか考えていなかった。

ブランシュが考えこむと、アーサーがその背後から悪戯（いたずら）っぽく囁（ささや）きかける。

「時間はたっぷりある。湖へ出てもいいし、遠乗りをしてもいい。夜になったらまた、あの浮島へ行くか」

アーサーがそう言って、愛馬を勢いよく駆けさせる。

その腕の中で、ブランシュは幸せそうに微笑んだ。

愛していると、いくら言っても足りない。それでも、言葉にしないと伝わらないことはあるから。

ブランシュは微笑みながら、背後のアーサーの顔を見上げた。

「ん？　どうした？」

ブランシュは少し伸び上がり、アーサーの引き締まった顎の先に軽く唇を押し当てた。

「愛しています、アーサーさま」

馬が立ち止まる。

「……ブランシュ。愛しているぞ」

跳ね橋の途中で、熱烈な口づけが振り落ちてくる。

ふたりがタタンの市に到着するまでには、まだ少しばかり、時間がかかりそうだった。

【あとがき】

こんにちは。水瀬ももです。

『昨日までの宿敵に今夜から溺愛されます～冷酷な覇王とワケあり姫の甘々な政略結婚～』、いかがでしたでしょうか？

イラストは田中琳先生です！

皆さま、口絵のアーサーの身体の傷を捜してみてください。

さすが覇王！　歴戦の猛者！

あの人には、全部でいくつの傷跡があるのでしょうね？　それを知っているのはブランシュだけかな……？

田中先生、子ウサギ系キュートなブランシュと狩人系アーサーを本当にありがとうございました！

今回舞台となったのは、湖の国です。

湖に限らず、海、川、池――水のそばにいると、私はすごく落ち着きます。いつか、海が見えるところに住んでみたいなあ。

子どものころ、恥ずかしながら私は泳ぐことができず、プールの授業では苦労していました。潜ることが下手で、平泳ぎでもクロールでも全然進めなかったんです。ところがある日、潜らずに背泳ぎをしてみたらあっというまに25メートル泳げました。

こんなふうにスイッチがふっと切り替わる瞬間というものが結構あって、今回の原稿中もそうでした。

プロットどおりに書いた原稿がどうにもしっくり来ず、あれこれ手直ししていて、ぱっとスイッチが切り替わったのがわりとぎりぎりのタイミングでして……担当さま、その節はご心配おかけしました。

またうちの愛鳥自慢をさせてください。

関係各所の皆さま、今回もお世話になりましてこの場をお借りして御礼申し上げます。

現在まだ続くコロナ禍でいろいろと制約もありますが、本の中ではどこへでも自由に旅することができます。

次の作品でも、読者の皆さまと一緒に、ときめきの旅に出られますように。

それでは、またお目にかかりましょう。

水瀬もも拝

蜜檻
～騎士王のいきすぎた純情～
水瀬もも
イラスト 北沢きょう
「答えろ。お前を抱いているのは誰だ?」
亡国イーリーンの王子レオンハルトによって、制圧されたエウリア王国。
大神殿の巫女姫であるシグリットは、彼から夜伽を命じられ、
民を守るために純潔を捧げる。
冷たい言葉とは裏腹に、激しく、そして甘く束縛される日々。
ふと、レオンハルトの面差しに、
かつて想いを寄せた少年の面影が重なって——!?

Vanilla文庫
ヴァニラ
旦那様の不埒な蜜月
過剰な偏愛に新妻は困惑中!?
市尾彩佳
ill.田中 琳
憧れの相手トラヴィスからプロポーズされ、次期公爵夫人となったクレア。
ドキドキの初夜は丁寧でいて官能を刺激する足のマッサージから始まり、
全身を淫らな愛撫で蕩かされ、快感を教え込まれる。
「夫が妻にひざまずくのはおかしなことではない」
優しくも頼もしいトラヴィスに愛され幸せなクレアだけど、
彼にはとんでもない秘密があって……!?
好評発売中

いじわる殿下は花嫁を逃がさない
ツンデレ溺愛王子の甘すぎる罠
芹名りせ
Ill.田中 琳
「俺のものにしていい?」
幼馴染みで第二王子エリアス付きの侍女になったルージェナ。
片想いの相手のそばにいられるのは嬉しいけれど、
自分にだけ辛辣なエリアスの態度に傷つく。
それなのに、エリアスは甘いキスをねだってきたり、抱きしめてきたりしてきて……。
からかわれているとわかっていても、
好きという気持ちが膨らむルージェナだけど!?

原稿大募集

ヴァニラ文庫では乙女のための官能ロマンス小説を募集しております。
優秀な作品は当社より文庫として刊行いたします。
また、将来性のある方には編集者が担当につき、個別に指導いたします。

◆募集作品

男女の性描写のあるオリジナルロマンス小説（二次創作は不可）。
商業未発表であれば、同人誌・Web 上で発表済みの作品でも応募可能です。

◆応募資格

年齢性別プロアマ問いません。

◆応募要項

・パソコンもしくはワープロ機器を使用した原稿に限ります。
・原稿は A4 判の用紙を横にして、縦書きで 40 字 ×34 行で 110 枚 ~130 枚。
・用紙の１枚目に以下の項目を記入してください。
　①作品名（ふりがな）/②作家名（ふりがな）/③本名（ふりがな）/
　④年齢職業 /⑤連絡先（郵便番号・住所・電話番号）/⑥メールアドレス /
　⑦略歴（他紙応募歴等）/⑧サイト URL（なければ省略）
・用紙の２枚目に 800 字程度のあらすじを付けてください。
・プリントアウトした作品原稿には必ず通し番号を入れ、右上をクリップなどで綴じてください。

注意事項

・お送りいただいた原稿は返却いたしません。あらかじめご了承ください。
・応募方法は必ず印刷されたものをお送りください。CD-R などのデータのみの応募はお断りいたします。
・採用された方のみ担当者よりご連絡いたします。選考経過・審査結果についてのお問い合わせには応じられませんのでご了承ください。

◆応募先

〒100-0004　東京都千代田区大手町 1-5-1　大手町ファーストスクエアイーストタワー
株式会社ハーパーコリンズ・ジャパン　「ヴァニラ文庫作品募集」係

昨日までの宿敵に今夜から溺愛されます
～冷酷な覇王とワケあり姫の甘々な政略結婚～

Vanilla文庫

2022年2月20日　第1刷発行　定価はカバーに表示してあります

著　者　水瀬もも　©MOMO MIZUSE 2022
装　画　田中 琳
発行人　鈴木幸辰
発行所　株式会社ハーパーコリンズ・ジャパン
東京都千代田区大手町1-5-1
電話 03-6269-2883（営業）
0570-008091（読者サービス係）
印刷・製本　中央精版印刷株式会社

Printed in Japan ©K.K. HarperCollins Japan 2022 ISBN978-4-596-31963-0